EL LABERINTO DEL ESCRITOR

Leilac Leamas

© 2024 OCTÁVIO VIANA | SILENT PEN ®
EL LABERINTO DEL ESCRITOR

Publicado en EE.UU.
Primera impresión 2024 (1ª Edición)
Referencia interna SP2024.028 09.01.2025 22:07
Revisión de texto en español: Rosa M. Araujo
silentpenltd@gmail.com

Para los escritores de sus propias vidas,
No meros espectadores,

Este libro está dedicado a los temerarios que se enfrentan a las complejidades de la vida escribiendo sus propios destinos. A aquellos que se adentran en los laberintos de los desafíos, no como meros observadores, sino como arquitectos de su destino. A aquellos que comandan sus narrativas y encienden las antorchas del cambio para todos los que los siguen.

Prólogo

Sicilia en invierno tiene un encanto propio. Los turistas huyen, dejando tras de sí una belleza cruda que resuena en mi alma. Cerca de Scopello, las playas están desiertas, como un reino no reclamado que espera a su soberano. Aquel día visité la casa perfectamente situada al borde del acantilado, con vistas a la vasta extensión del Mediterráneo. El sol jugaba con las sombras, proyectando serenos dibujos sobre las paredes descoloridas y pastel. Deseaba esa casa desesperadamente. Pero había aprendido en mi profesión que la desesperación es un aroma fácilmente detectable y explotable.

Recorrí las habitaciones con un entrenado desinterés, tocando ligeramente las superficies, apenas echando un vistazo a la vista que sin duda se me había vendido muchas veces. La agente inmobiliaria, una mujer mayor con el pelo blanco como ondas espumosas, hablaba sin cesar de las reformas y del valor histórico. Yo asentía distraído, calculando, siempre calculando.

Cuando salí a la terraza de piedra, respiré hondo. El aire era una mezcla del *rocío* salado del mar y del frío mordisco del invierno. Por un momento, me sentí en paz, imaginando mi futuro en aquella casa perfecta.

Sentí una presencia detrás de mí y el corazón me dio un vuelco de expectación. Me di la vuelta lentamente, con una sonrisa ya formándose y la emoción creciendo en mi interior. Aquella era la persona con la que quería compartir aquel momento, la única que entendería el significado de aquel lugar.

"¿No es precioso?" Empecé, las palabras casi saliendo, pero algo me hizo dudar. El silencio se hizo pesado y me di cuenta de que algo iba mal. Mi sonrisa vaciló un poco y me di la vuelta por completo, esperando un rostro familiar, una presencia reconfortante.

Pero la sonrisa se congeló y luego tembló. Delante de mí no estaba la persona que esperaba. En cambio, era un hombre de rasgos brutos pero regios, como un personaje de una película de mafiosos. Su traje negro era impecable, su camisa abierta dejaba ver un collar de plata con la imagen de San Miguel. El santo, el protector, parecía casi burlón en aquel contexto.

La realidad me golpeó como una ola de frío y la apacible visión de mi futuro se hizo añicos en un instante.

"Leilac," dijo, su voz aguda como el acero. "Tienes una deuda que pagar y ahora, con intereses. Hemos hecho el trabajo y no nos importa si te sigue siendo útil."

1

Deudas del laberinto
Palermo, Sicilia

El billete que tenía en la mano era de un rosa pálido, casi suave contra el frío cortante de noviembre que penetraba en Palermo. "Le Grand Macabre," decía con letra delicada, junto con una fecha: 24 de noviembre de 2024. Escenario Bellini. Teatro Massimo.

Me quedé mirándolo un poco más de lo que debía, sabiendo perfectamente que la ópera que me esperaba dentro era el menor de mis problemas. Doblé la entrada con cuidado y me la guardé en el bolsillo. Frente a mí, el Teatro Massimo se erguía como una magnífica reliquia de otro tiempo, con su fachada bañada por el resplandor de las farolas, dominando la Piazza Verdi. La grandiosa escalinata se extendía hacia el cielo. Los peldaños de mármol, desgastados por el tiempo y las pisadas de innumerables almas, brillaban bajo los pies de la élite palermitana, todos con joyas brillantes y trajes bien cortados, mientras ascendían como si tuvieran un derecho divino a estar allí.

La multitud era exactamente como cabía esperar: la alta sociedad y la gente que pretende pertenecer a ella. Mujeres envueltas en seda y pieles, hombres con solapas impecables y un aire de ensayada indiferencia *sprezzatura*. No pude evitar sonreír mientras miraba mi Montblanc 19h53. Casi puntual.

Me ajusté la chaqueta, un traje oscuro y elegante, de los que reservo para las reuniones en las que las apariencias importan más que lo que se dice. El tipo de público en el que todo el mundo entendía las reglas sin tener que explicarlas. Respirando hondo, me dirigí a la entrada, con el suave sonido de mis zapatos contra los adoquines.

El primer peldaño de la escalera de mármol me resultó pesado. Me detuve brevemente, como si la noche misma contuviera mi respiración. Fue entonces cuando reparé en ellos. Flanqueándome como sombras, dos hombres con trajes negros, impecables pero extraños en cierto modo. Los trajes no estaban mal cortados, no, les sentaban como un guante. Pero eran los propios hombres. Sus rostros tenían las líneas duras de los hombres que han recibido demasiados golpes en la mandíbula y repartido el doble. Boxeadores, o al menos lo habían sido en otro tiempo. Ahora eran otra cosa. Músculos.

Uno de ellos se inclinó lo suficiente para dejar claro que no estaban allí para preguntarme por mis planes para esa noche. "Sr. Leamas, le agradeceríamos que nos acompañara."

Enarqué una ceja, más por costumbre que por sorpresa. "Agradecían, ¿verdad?"

El más alto, de mandíbula cuadrada y ojos que parecían capaces de romper hormigón, no sonrió. "Por aquí."

Levanté la vista hacia el Teatro Massimo. El edificio era grandioso, incluso regio, pero en Palermo nada era tan limpio como parecía. Ni el teatro, ni la ópera y, desde luego, ni la gente que tenía delante. Por mucho que me guste una buena *representación*, parecía que esta noche tenía que interpretar un papel que no figuraba en el programa.

"Guíenme, caballeros," dije, forzando una sonrisa. Después de todo, ¿qué era lo peor que podía pasar?

***

Cuando me condujeron al Escenario Bellini, la tensión del momento se apoderó de mí con una intensidad palpable. No se trataba de un palco cualquiera del Teatro Massimo; el Escenario

Bellini, con sus 25 metros cuadrados de espacio para espectadores y otros 25 para socializar, era un santuario de exclusividad, cuya entrada estaba reservada únicamente a los miembros del antiguo Club Bellini. Dentro, el ambiente era una mezcla de opulencia y antigüedad. Doce sillas antiguas, tapizadas en tela roja descolorida y apagada por el paso del tiempo, tenían una especie de decadencia digna.

Acomodado en una de estas reliquias, asimilo la grandeza del teatro, una obra maestra arquitectónica que se siente a la vez como la joya de la corona del patrimonio siciliano y el testigo de sus relatos más oscuros. Mi mirada se desvió hacia el reloj: las 8.01. Como si fuera una señal, las luces empezaron a atenuarse, indicando el comienzo de la ópera. Fue entonces cuando entró él.

"Signor Leilac, benvenuto," resonó una voz llena de familiaridad y autoridad.

Me giré y reconocí al hombre al instante: el *capo* de nuestro último e inquietante encuentro en el Grand Hotel et des Palmes. A diferencia de sus secuaces uniformados de negro, llevaba una camisa blanca inmaculada bajo un traje bien confeccionado, un llamativo contraste que parecía subrayar su autoridad.

Le acompañaban dos mujeres que encarnaban la belleza italiana. La primera, de cabello castaño y ojos como aceitunas oscuras, fue presentada por el *capo* como Isabella. Su compañera, más alta e imponente, con una melena de rizos rojos, se llamaba Valentina.

"Buonasera," les saludé primero, la cortesía dictando la secuencia a pesar de la tensión. Dirigiéndome al *capo*, añadí, "gracias por la invitación. Es una invitación imposible de rechazar."

Su débil sonrisa no le llegaba a los ojos.

"Esta ópera trata sobre la muerte, el absurdo y la condición humana. Seguro que les gustará. Por favor, siéntense. La ópera está empezando."

Mientras la surrealista partitura de Ligeti llenaba el ambiente, la mirada de Isabella se clavó en mí, curiosa o calculadora, no sabría decirlo. La ópera, "Le Grand Macabre," reflejaba lo absurdo de mis propias circunstancias, una grotesca danza con el destino coreografiada por la Cosa Nostra.

Durante el clímax de la ópera, cuando Nekrotzar, el heraldo del Apocalipsis, proclamó el fin del mundo, el *capo* se inclinó hacia él. Sus palabras, pronunciadas *en un sotto voce* que apenas se elevaba por encima del *crescendo* de la orquesta, tenían un tono escalofriante.

"¿Te estás divirtiendo?" Su tono sugería una oscura diversión, como si anticipara mi propia catástrofe personal.

Se inclinó más cerca, con su aliento marcado por el aroma de los cítricos sicilianos, y murmuró, "tu deuda conmigo crece a un interés compuesto del cien por cien mensual."

La declaración sonaba a sentencia de muerte, un sombrío recordatorio del escenario de tablero de ajedrez en el que un comienzo aparentemente benigno podía conducir a un final abrumador. Una deuda de un millón de euros se inflaría a más de mil millones de euros al cabo de sólo 12 meses.

Recordé la vieja historia del sabio y el rey con el tablero de ajedrez. Lo que había empezado como una simple petición se había convertido en una deuda imposible, reflejando mi propio dilema con este *capo* siciliano.

Cuenta la leyenda que un sabio regaló a un rey un tablero de ajedrez bellamente trabajado. Impresionado por la belleza del regalo, el rey ofreció al sabio cualquier recompensa que deseara. En lugar de oro o tierras, el sabio pidió algo aparentemente modesto: que el rey colocara un solo grano de cereal en la primera casilla del tablero, dos en la segunda, cuatro en la tercera, y así sucesivamente, duplicando el número de granos en cada casilla sucesiva.

Al principio, el rey se rió, considerando trivial la petición del sabio y accediendo de buen grado. Sin embargo, cuando los sirvientes del rey empezaron a colocar los granos según las especificaciones del sabio, la verdadera naturaleza de la petición se hizo evidente. Cuando llegaron a las casillas centrales del tablero, la cantidad de grano requerida había crecido exponencialmente, hasta alcanzar enormes cantidades que ponían al límite los recursos del reino.

En la plaza 64, la cantidad de grano necesaria era astronómica, muy superior a la capacidad de suministro del rey. El reino se enfrentaba a la ruina bajo el peso de esta petición engañosamente simple, una petición que se hacía eco del crecimiento exponencial de mi propia deuda con el *capo*.

Al terminar la ópera, el *capo* se puso un abrigo ligero, adecuado para el frío de 12 °C que hacía fuera. Uno de sus hombres me entregó una memoria *USB*.

"Completa esta misión con éxito y tu deuda será saldada," dijo claramente, lanzándome un salvavidas con un toque de desdén.

A solas con el *bolígrafo* en la mano, el peso de lo que se me había pedido que hiciera se cernía sobre mí. Cuando el *capo* y su séquito desaparecieron, fui el último en marcharme, reflexionando sobre la naturaleza de la misión que podría liberarme o enredarme aún más en la red de la Cosa Nostra.

Sentí la emoción familiar de un escritor no en una historia corriente, sino quizá en el primer capítulo de mi tercer libro, una narración encubierta bajo la apariencia de un pseudoescritor, un *personaje* que había creado para proteger mi verdadera misión. Cada latido de mi corazón era un tictac de la máquina de escribir, cada respiración una palabra registrada en el manuscrito clandestino de mi vida, donde mi pluma era más poderosa que nunca. Estaba haciendo algo más que escribir una historia: la estaba viviendo, cada decisión era un *giro* argumental, cada consecuencia un *cliffhanger*. No era sólo un personaje de mi libro, sino el autor de mi propio destino, esforzándome por liberarme de las profundidades del laberinto en el que me había adentrado.

***

2

La ilusión del sombrero de Panamá
Lucca, Italia

Exactamente a las tres de la tarde aterricé en el pequeño aeropuerto internacional Galileo Galilei de Pisa. En cuanto las ruedas tocaron el suelo, encendí el móvil. El sonido familiar de un correo electrónico entrante me saludó: un mensaje protegido por ProtonMail, un servicio que se enorgullece de su cifrado de extremo a extremo, sin registros de IP, y que tiene su sede en Suiza, una fortaleza de las leyes de privacidad: perfecto para comunicaciones sensibles.

El correo electrónico de Toscin detallaba mi alojamiento: "Grand Universe Lucca, Piazza del Giglio 1, 55100 Lucca, Italia." Preciso, como una miga de pan en un laberinto, el mensaje insinuaba el siguiente *giro de* una trama que se complicaba por momentos.

Inmediatamente llamé a Toscin desde mi Bittium Tough Mobile 2 C.

"Hola Toscin," dije en cuanto se conectó la llamada.

"Me alegra saber de ti. Te vas a reunir con Vittorio Rossi en Lucca a las 17:30, en la Caffetteria Turandot, Piazza San Michele. Es el abogado que lleva gestionando el acuerdo con el AC Milan desde 2022," me informó Toscin.

Suspiré, frotándome la punta de la nariz. "No me gusta el fútbol, no sé nada de él y me importa aún menos. ¿No era Paul el que se interesaba por ese club?"

"Exactamente," respondió Toscin. "Pero ahora parece que Cosa Nostra también muestra interés."

Me explicó que Rossi era el contacto que figuraba en la memoria *USB* que la mafia me había dado en Palermo. "El *pendrive* no contenía gran cosa: sólo contactos, ubicaciones y su creciente deuda detallada en un archivo *Excel*."

"¿Sabemos qué quiere realmente la Cosa Nostra con el AC Milan, especialmente en el norte?"

"El *pendrive* no fue muy revelador," respondió.

Momentos después, Toscin me envió la foto de Rossi a través del sistema seguro.

"Asegúrate de no confundirlo. Parece muy italiano, como todos los que están allí."

Al ver la foto de un hombre de mediana edad, típicamente italiano, con el pelo rubio, no pude evitar reírme de su comentario. Al parecer, Toscin no había perdido la ironía.

Sólo entonces aprecié realmente la tranquilidad del servicio de llamadas seguras de Bittium, que utiliza doble cifrado y funciona con independencia de la Internet pública o los servicios en la nube. Una fortaleza digital que protege nuestra conversación de oídos indiscretos.

Tras terminar la llamada, recogí mi coche de alquiler: un Fiat 500 descapotable de Sixt. Su cambio de marchas manual y su tamaño compacto eran ideales para conducir por las estrechas y empedradas calles de la Toscana. Con la capota bajada, el sol de invierno era un buen compañero. Mientras conducía hacia Lucca, con el peso de los caprichos de la mafia sobre mis hombros, contemplé las laberínticas carreteras que tenía que recorrer. Cada giro podía llevarme más adentro del laberinto, o quizá a una salida que aún no había visto.

***

Aparqué mi pequeño Fiat 500 en *el Parcheggio Cittadella*, a las afueras del centro histórico de Lucca. Me esperaba un tranquilo paseo de diez minutos hasta nuestro punto de encuentro en la *Caffetteria Turandot*. Cada paso por las estrechas y empedradas calles armoniza con la tranquila atmósfera, resonando suavemente contra los antiguos muros que habían albergado generaciones de serena vida cotidiana. El encanto de Lucca era inconfundible; parecía como si la propia ciudad ofreciera un reconfortante abrazo a través de sus pintorescas callejuelas.

A mitad de camino, mi paseo se detuvo en Via S. Paolino. Me llamó la atención una pequeña tienda que exhibía un inmaculado sombrero panamá blanco. Encima de la puerta estaba el nombre "Mentiras." No se me escapó la ironía: un espía convertido en novelista, mezclando realidad y ficción, todo bajo la apariencia de arte. Riéndome para mis adentros, decidí que el sombrero sería un complemento apropiado para mi fachada de escritor, y que tal vez le daría un toque de credibilidad o al menos de carácter. Lo compré sin pensármelo dos veces.

Mientras me dirigía al café, las calles de Lucca bullían con el tranquilo zumbido de la vida cotidiana. Los lugareños pasaban, algunos volvían a casa del trabajo, mientras otros se quedaban en pequeños grupos charlando animadamente. Los ancianos, vestidos a la manera clásica italiana –abrigos de lana y sombreros de fieltro– discutían enérgicamente sobre política local, gesticulando con expresivas manos. Jóvenes madres empujaban hábilmente cochecitos de niños sobre las piedras milenarias, y sus risas se mezclaban con los gritos de los enérgicos niños que correteaban entre las piernas de los transeúntes. Aquí y allá, algún turista se detenía para captar las encantadoras escenas con sus cámaras, con los ojos muy abiertos por el encanto del lugar.

Mientras continuaba hacia la *Caffetteria Turandot*, el aire, que insinuaba la llegada del invierno, era una caricia fresca en contraste con el calor que ofrecía el sombrero. Me encontré con Vittorio Rossi, mi contacto, en la terraza.

Era la imagen perfecta de un abogado italiano, vestido con una chaqueta ligera, una taza humeante en la mano contra el frío. Las mesas a su alrededor lucían manteles blancos, en un ambiente relajado y acogedor.

Me aproximé, acerqué una silla y me senté, sorprendiéndole con mi presencia.

"¿Señor Leilac?" Preguntó, arqueando una ceja sorprendido por mi repentina aparición.

Saqué mi recién adquirida Panamá, la puse a mi lado y le saludé con una sonrisa, "*buonasera, Vittorio.*"

La plaza de San Michele resplandecía con la suave luz del atardecer, dándole a todo un *ambiente* tranquilo y cálido. Frente a nosotros, la hermosa iglesia de San Michele in Foro se erguía con sus arcos románicos absorbiendo los últimos rayos del sol. Esto daba a toda la plaza una sensación de calma y tranquilidad. La gente paseaba, una mezcla de lugareños terminando su jornada y turistas tratando de capturar esas últimas fotos perfectas antes de marcharse. Toda la escena parecía natural, como el final perfecto para una tarde relajada.

Vittorio, manteniendo su porte profesional, sacó un pequeño sobre marrón de un clásico maletín de cuero negro. Lo puso sobre la mesa, lo abrió y señaló una fotografía. "Esta es Francesca," anunció, posando el dedo sobre la imagen de una italiana de impresionante belleza. "Ella será su guía en este laberinto legal en el que está a punto de entrar."

La fotografía de Francesca mostraba a una mujer que sabía imponerse en una sala sin decir una palabra. Su traje bien confeccionado, de líneas limpias y ajuste perfecto, decía mucho de su atención al detalle. Su pelo oscuro, recogido con pulcritud, enmarcaba un rostro de una seguridad sorprendente, con unos ojos que contenían tanto calidez como una agudeza que sugería que podía leerte antes incluso de que te presentaras. Los pendientes de aro de oro que llevaba eran discretos, pero había un toque de estilo en su forma de presentarse, una sutil elegancia que dejaba claro que era una mujer que se esforzaba por conocer las reglas y saltárselas cuando era necesario. Emanaba una energía que decía que estaba preparada para cualquier reto que se le presentara.

"¿Para qué necesito a Francesca?" Pregunté. "De hecho, aún no está claro cuál es mi misión," añadí, echándome hacia atrás y estudiando la expresión de Vittorio en busca de alguna pista.

Hizo una pausa, meditando cuidadosamente sus palabras. El ruido ambiental del tintineo de copas y conversaciones distantes llenó el breve silencio entre nosotros.

"Los detalles son complejos," empezó, bajando el tono para garantizar la privacidad. "Pero créeme cuando te digo que su participación es crucial. Ella es más que tu guía, es el hilo que te conducirá a través del laberinto."

Vittorio no tenía un plan, tenía una misión. Y, sinceramente, ni siquiera era realmente una misión, era más bien un objetivo: desbaratar una investigación en profundidad de un fiscal sobre una empresa estadounidense de capital riesgo que estaba implicada en el AC Milan.

Tenía la incómoda sensación de que Vittorio, canalizando su Cosa Nostra interior, no estaba mostrando todas sus cartas. Me sentía como si me estuvieran guiando por un laberinto sin ninguna pista. ¿Por qué se suponía que yo tenía que idear el plan? ¿Y quién era esa Francesca que parecía tener todas las claves?

"¿Así que soy yo quien tiene que idear el plan?" Pensé, mi mente daba vueltas. "¿Por qué yo? Y Francesca... ¿Quién es exactamente esta mujer?"

"¿Dónde y cuándo debo encontrarme con Francesca?" Pregunté, intentando concretar algo.

"Mañana en Isola D'Elba," respondió Vittorio. Hizo una pausa dramática antes de añadir, "se reunirá contigo en la *Caffetteria Panelba* de Portoferraio a las once."

"¿Y?" Insistí, necesitando más información.

"¿Y? Llévate el equipaje para una semana. Francesca se ocupará de todo lo demás," me ordenó, sin dejar de jugar sus cartas.

"Necesito más detalles," insistí.

"No, todavía no," murmuró, inclinándose tanto que pude sentir su respiración, sus palabras flotando como una niebla. "Que sepas que Francesca es de la gente de Messina."

Mientras Vittorio recogía su maletín y se levantaba, lanzándome un "*buonasera* y buena suerte," saludé a un camarero que pasaba y pedí un Negroni. Observando cómo Vittorio se adentraba en las ajetreadas calles de Lucca, me recosté, con la vibrante escena que me rodeaba chocando contra mis acelerados pensamientos. ¿Suerte? Si contaba con la suerte, tenía más problemas de los que pensaba.

Francesca seguía siendo una sombra, un misterio sin voz, dispuesta a encontrarse conmigo en Isola D'Elba. La inutilidad de intentar averiguar más sobre ella me sorprendió: Toscin, mi fuente habitual de información, no sería capaz de encontrarla en un mar de Francescas, si ése era su verdadero nombre. Y allí estaba yo, a punto de sumergirme de cabeza en este laberinto, aferrándome a la frágil esperanza que me ofrecía una desconocida.

Tomé un sorbo de mi Negroni, el sabor agridulce encajaba perfectamente con el torbellino de pensamientos que se arremolinaban en mi cabeza.

"¿Cómo iba a perder a este tipo que me seguía? Este tipo, que aparcó su claramente no alquilado, viejo Alfa Romeo justo después de que me detuviera en *Citadella*. Allí estaba, fingiendo ser un turista más con una cámara, pero a mí no me engañaba. ¿Estaba relacionado con la Cosa Nostra o formaba parte de otro grupo igualmente desesperado por arrojar un grano de arena en el engranaje de mis planes?"

Estaba incómodamente cerca y sabía que necesitaba una estrategia inteligente y sutil para deshacerme de él mientras me infiltraba en el hotel bajo el seudónimo de Adolfo. Jugar bien mis cartas podría abrirme un camino despejado para encontrarme día siguiente con Francesca, lejos de miradas indiscretas.

Planeé mi siguiente movimiento, terminé mi Negroni y dejé un billete de 20 euros sobre la mesa mientras me preparaba para volver a mezclarme con la multitud.

***

El hombre que me seguía fingía estar inmerso en el encanto del bullicio vespertino de Lucca, pero sus ojos de halcón apenas ocultaban su verdadera intención. Necesitaba desaparecer entre la multitud, convertirme en un rostro más a la luz mortecina del atardecer.

Empujé mi silla hacia atrás y me fundí en el flujo de personas, dirigiéndome al laberinto de calles que me llevarían a la *Piazza dell'Anfiteatro*. Mis pasos eran medidos, cada vuelta por las calles empedradas una metáfora de las decisiones y giros que había tomado mi vida, cada callejón una posible salida o un callejón sin salida.

A pesar de las vueltas y revueltas, una mirada por encima del hombro confirmó mis sospechas: el hombre seguía allí, una sombra entre las sombras.

El paseo hasta la plaza fue breve pero denso, con la espesa y melosa luz de finales de otoño filtrándose por las estrechas calles, proyectando largas y teatrales estelas de luz sobre los adoquines...

En mi rápido paseo, tropecé accidentalmente con una simpática señora italiana que salía de una pequeña tienda en una de las calles más estrechas.

"Scusi, signora," le ofrecí con una sonrisa de disculpa.

Ella le devolvió el gesto, con los ojos arrugados en las comisuras como un breve interludio de calidez en el aire fresco de noviembre.

Al llegar a la *Piazza dell'Anfiteatro*, los muros redondeados de la antigua arena se alzaban como el abrazo de un coliseo largo tiempo olvidado. Eran casi las seis de la tarde y el aire de noviembre mordía con fuerza mi piel. La plaza, un espectáculo de historia transformado en un moderno café-centro, estaba ahora más tranquila, la multitud de turistas sustituida por lugareños que buscaban consuelo en la comodidad de la rutina. El sol bajo proyecta largas sombras, transformando el anfiteatro en un gran escenario bañado por una luz dorada.

Entonces me llamó la atención una nueva figura: un hombre imponente con traje oscuro, corte de pelo militar y postura erguida que cortaba el deambular casual de la multitud como una afilada navaja. Sus ojos se cruzaron brevemente con los míos en un claro desafío.

Aceleré el paso, me deslicé bajo un arco y rodeé el perímetro exterior de la plaza. El chasquido de mis zapatos sobre las antiguas piedras era un ritmo constante para la adrenalina que corría por mis venas. Detrás de mí, los pasos del militar se hicieron más decididos.

El primer acosador se había perdido en ese momento, pero al doblar una esquina, reapareció, casi materializándose de entre las crecientes sombras de la noche directamente en mi camino.

Me desvié hacia la *Basílica de San Frediano*.

La iglesia era un santuario en más de un sentido, su paz solemne contrastaba con la persecución. Avancé por el pasillo central, el eco de mis pasos se mezclaba con las oraciones susurradas de los fieles.

Al fondo, un hombre se arrodillaba en comunión solitaria. Me acerqué en silencio, me quité el sombrero panamá blanco de la cabeza y lo puse suavemente sobre el suyo, murmurando, *"che questo cappello dia rifugio alle tue preghiere."* El hombre levantó la vista, su rostro arrugado se transformó en una sonrisa agradecida y sus ojos reflejaron la aceptación de un regalo inesperado.

Ya sin el sombrero que me identificaba, me deslicé por una puerta lateral, la pesada madera cerrándose con una oración silenciosa. Mirando a través del cristal envejecido, vi entrar a los dos hombres con sus ojos escudriñando los bancos ahora desprovistos de su objetivo.

Con el corazón latiéndome ferozmente, corrí hacia el aparcamiento, con las frías y duras llaves del Fiat en la mano. Cuando el motor rugió al cobrar vida, noté que el motor de otro coche hacía lo mismo. Las calles de Lucca se cerraron a mi alrededor mientras me ponía en marcha, con el laberinto ya dejado atrás y sus caminos desplegándose en el retrovisor.

***

El motor del pequeño Fiat rugió más de lo debido cuando pisé el acelerador a fondo y mis dedos enviaron un rápido mensaje al sistema de seguridad de mi Bittium con la imprudencia que sólo la necesidad podía provocar. Le pedí a Toscin que me buscara un hotel discreto, fuera del radar y bien alejado de las miradas indiscretas que ahora me acechaban por las calles de Lucca.

El BMW X7 negro se asomaba por mi retrovisor como un depredador, su agresiva parrilla delantera y sus elegantes líneas reducían la distancia que nos separaba con una facilidad aterradora. Aquel coche no solo era rápido, sino que estaba hecho para la velocidad y la maniobrabilidad, y mi Fiat 500 era un juguete en comparación. Pero los juguetes tienen sus ventajas: pueden meterse donde un depredador no puede. Mis ojos se desviaron hacia la carretera. Tendría que confiar en la astucia y en las estrechas y sinuosas calles de Lucca para librarme de ellos.

Más adelante, se vislumbraba el imponente arco de piedra de *Porta San Pietro.* Dirigí el Fiat directamente hacia él, mientras las murallas de Lucca quedaban atrás como una mancha de ladrillos. El coche se estremeció al pasar bajo el arco a toda velocidad, con el motor en tensión, y el BMW que venía detrás hizo lo mismo, con su rugido resonando en la piedra al cerrar el paso.

Evité la autopista y me adentré en las calles estrechas. El pequeño tamaño del Fiat me daba ventaja. Mientras el BMW intentaba abrirse paso por los estrechos espacios, yo zigzagueaba por calles apenas lo bastante anchas para un coche, y mucho menos para dos. Mi corazón latía más rápido que el motor, pero mantuve las manos firmes en el volante. El pulso me martilleaba en los oídos, pero no pude evitar una sonrisa irónica. Esto no era una simple persecución; era un juego y, si querían atraparme, tendrían que seguir mis reglas.

Llegué a Via delle Tagliate a una velocidad que no tenía cabida en aquellas calles. El sonido rítmico de las campanas de los pasos a nivel llenó el aire y las luces rojas de advertencia empezaron a parpadear por delante mientras las barreras iniciaban su lento descenso.

Tenía segundos para decidirme, así que aceleré.

El Fiat salió disparado hacia delante y, por un breve instante, el tiempo pareció estirarse. La carretera se elevó sobre sus raíles y me lancé por los aires, con mi pequeño coche volando como si desafiara a la propia física. El aterrizaje fue menos grácil: mis ruedas chocaron contra el pavimento con un golpe violento y, por un momento terrible, pensé que el Fiat se había rendido por completo. El volante giró en mis manos y los neumáticos patinaron. Pero recuperé el control justo a tiempo.

El BMW no se quedó atrás. Cruzó el paso a nivel con segundos de sobra, su aerodinámica carrocería se elevó sobre el mismo salto, aunque gestionó el aterrizaje con mucha más elegancia. Y no se detuvo. Seguía detrás de mí.

Agarré el volante con más fuerza, con la mente pensando en rutas de escape mientras hacía girar el Fiat para pasar la siguiente rotonda. El BMW estaba tan cerca que podía oír el chirrido de los neumáticos sobre el asfalto. El conductor no aflojaba. Su pasajero asomó la cabeza por la ventanilla y agitó las manos frenéticamente.

"¿Qué demonios?" Murmuré para mis adentros.

Apenas tuve tiempo de asimilarlo cuando el coche se acercó aún más y el hombre agitó un pañuelo blanco como una cómica bandera de tregua.

"¿Una rendición en medio de una persecución? ¿Es una broma?" Me pregunté.

El pañuelo ondeaba furiosamente, señal de paz o quizá de locura. Dudé.

"¿Esto es una emboscada? ¿Algún tipo de truco para hacerme parar?" Me pregunté mirando por el retrovisor.

Tenía el pie sobre el freno y el corazón me latía con fuerza.

"¿Qué daño podría hacer parar un segundo? Está claro que no intentaban sacarme de la carretera. Al menos, todavía no," razoné, con las manos aún agarrando firmemente el volante.

Detuve el Fiat con precaución, con el corazón acelerado y las manos apretadas en el volante, cuando el BMW se detuvo detrás de mí. Podría tratarse de un error, pero si me quisieran muerto, no ondearían una bandera blanca.

El motor del BMW ronroneó al detenerse, y el resplandor de sus faros proyectó largas sombras sobre la calle vacía.

***

El pasajero del BMW se bajó y se acercó a mi ventanilla, la del conductor. Al mirarlo por el retrovisor, vi determinación en su andar, un paso seguro que contradecía la tensa situación.

Su traje estaba impecablemente confeccionado, de los que abrazan sus anchos hombros y se estrechan hasta una cintura ceñida, acentuando aún más su postura militar. Una sombra de barba oscura le cubría la mandíbula, dándole un aspecto rudo que contrastaba con la fría profesionalidad de sus ojos.

Cuando se acercó a mi ventana, pude ver las líneas grabadas alrededor de sus ojos, marcas de un hombre que conocía la dura realidad de nuestro trabajo. Sus movimientos eran precisos, calculados, cada paso medido para transmitir amenaza y control.

"Leilac, nos envía Toscin," gritó, con voz clara y resonante incluso a través del cristal cerrado.

El nombre de Toscin fue un salvoconducto; inmediatamente bajé la guardia, pero sólo lo suficiente para considerar la posibilidad de involucrarme. Abrí la puerta con cautela y salí mientras él retrocedía unos pasos para dejarme espacio.

"¿Y tú quién eres?" Pregunté.

"Su apoyo italiano, enviado por Toscin," respondió, pero la rigidez de su postura no disminuyó.

Fruncí el ceño, con mil cálculos pasándome por la cabeza. Toscin solía informarme de todos los detalles. No era propio de ella enviar a alguien sin previo aviso.

"Quizá sepan lo de Toscin y lo estén utilizando para llegar hasta mí," pensé en voz alta, recelosa de la trampa que podía estar esperándome.

"¿Y qué quieres?" Seguí presionando, observando cada uno de sus movimientos.

El hombre se llevó la mano a la chaqueta y sacó una Smith & Wesson modelo 422 del calibre 22.

Mi postura se endureció, preparada para cualquier movimiento brusco.

Lenta y sigilosamente, me deslicé detrás de la puerta del coche, utilizándola como escudo entre nosotros. El corazón me latía con fuerza en el pecho, pero mantuve la calma, observando cada uno de sus movimientos, calculando mi próxima maniobra mientras utilizaba el coche como barrera. Si las cosas se ponían feas, sabía que necesitaría cada segundo de protección.

"Cálmate," dijo el hombre con calma, quizá al notar mi postura de alerta. "Soy Cesare," se presentó, su tono desarmante. "Toscin me pidió que te diera esta pistola."

"Pero Toscin sabe que no uso armas, sobre todo de fuego," repliqué, con mi suspicacia apenas velada.

"Son sus órdenes," insistió Cesare. "Posiblemente porque piensa que las necesitarás."

De mala gana, cogí la pistola y la metí por detrás de mi espalda, bajo el cinturón.

"*Grazie*," le agradecí en italiano, sin sentirme precisamente agradecido.

"*Prego*," respondió, entrando de nuevo en el BMW.

Observé cómo el coche se alejaba y desaparecía por la carretera, que ahora susurraba el comienzo del atardecer. Volví a meterme en el Fiat, cogí el móvil y vi un correo electrónico de Toscin: una reserva en el Hotel Armonia, en una ciudad discreta, sin mencionar la pistola ni a Cesare.

Llamé a Fiat y marqué el número de Toscin.

"¿Conseguiste la reserva? Es un hotel modesto en una ciudad donde a nadie se le ocurriría buscarte," la voz de Toscin crepitó a través de la línea.

"¿Qué hay de eso de enviar a un Cesare para que me regale una Smith & Wesson?" Presioné, dirigiendo la conversación a la reciente anomalía.

"¿Un qué?" La confusión de Toscin era palpable por teléfono.

"Una pistola. Una Smith & Wesson del calibre 22," aclaré.

"Yo no envié a nadie y no conozco a ningún Cesare," respondió ella, con un tono mezcla de preocupación y desconcierto. "¿Alguien te dio una pistola y dijo que era de mi parte?"

"Sí, parece que alguien está jugando con nosotros o intentando enviar un mensaje," concluí.

"Debemos esperar todo de la Cosa Nostra. Pero deshazte ya de esa pistola, podría incriminarte," me aconsejó Toscin.

"Lo haré," le aseguré, con la seriedad de la situación asentándose en mí.

"Ten cuidado. Intentaré averiguar más cosas," respondió.

"Y trata de averiguar quién es Francesca. Se supone que mañana será mi compinche; el abogado me dio sus datos de contacto. Te enviaré una foto del retrato que me dio," le pedí, planeando ya mis próximos pasos.

"Envíalo. Hay muchas Francescas, pero lo pasaré por nuestro *software* de reconocimiento facial," prometió Toscin.

"Gracias," respondí, la línea se silenció mientras seguía conduciendo hacia el Hotel Armonia, con la noche avanzando firmemente mientras el día se desvanecía.

***

Acurrucado en mi habitación de hotel de Pontedera, cerca de donde rugieron por primera vez aquellas emblemáticas Vespas, centré mi atención en la pistola semiautomática que me había entregado Cesare. En primer lugar, asegurándome de que no se dispararía y volvería a decorar el papel pintado, comprobé que estaba descargada y extraje el cargador.

Una meticulosa inspección visual y manual confirmó que la recámara estaba tan vacía como sentía mi estómago, una ironía que no se me escapaba, dada mi situación. Utilicé la punta de un bolígrafo para presionar el freno del cerrojo. Este pequeño baile de piezas continuó mientras soltaba el cerrojo y dejaba que se deslizara fuera del cuerpo sin ningún esfuerzo—suavemente..

A continuación se separaron el cañón y el muelle recuperador. Pieza a pieza, el arma se convirtió en una benigna colección de piezas metálicas. Al día siguiente, encontraría un nuevo hogar en el fondo de un río, perdida en las corrientes.

Después de desmontar la pistola, pasé a un tipo de relajación más personal bajo una ducha de vapor caliente.

Refrescado y envuelto en una bata de hotel un poco ajustada, pedí la cena. Servicio de habitaciones, porque después de un día así, socializar en el restaurante del hotel parecía tan apetecible como otra sesión sorpresa de robo de armas.

Mientras esperaba la comida, me tumbé en la cama sobre un *edredón* tan mullido como desalentadores eran mis planes para la noche. El día siguiente prometía otra serie de movimientos en el laberinto y tenía la intención de encontrar el camino y no perderme.

***

3

Paso a paso
Isola d'Elba, Italia

Me desperté con un rayo de sol que atravesaba las pesadas cortinas de mi habitación de hotel. El suave murmullo de la ciudad se filtraba: una Vespa a lo lejos, un vendedor anunciándose, la tenue melodía de conversaciones en italiano. Por un momento, me quedé quieto, dejando que la calidez de la mañana me envolviera, fingiendo ser un turista más en la Toscana.

Pero la ilusión se desvaneció rápidamente. Los recuerdos del día anterior se impusieron: los hombres despiadados abriéndose paso por las calles de Lucca tras de mí; el peso inesperado de la pistola entregada por Cesare. La confianza entregada como una falsa lira.

Me estiré, sintiendo la tensión en los hombros y la espalda, un recordatorio de que cuarenta y ocho no son veintiocho, por mucho que deseara lo contrario. Levanté las piernas de la cama y decidí sacudirme los restos de sueño y tensión.

Apoyé los pies en una silla robusta y me agaché para hacer flexiones inclinadas. La tensión en los brazos y el pecho me enraizaba. Uno, dos, tres... los números se sincronizaban con mi respiración. El esfuerzo físico calmaba la mente, aunque sólo fuera temporalmente. Al pasar a las sentadillas, me concentré en el ritmo, la contracción de los músculos, la sencillez del esfuerzo y el resultado.

Pero los pensamientos suelen entrometerse. La pistola desmontada de mi maleta se cernía sobre mi mente. "¿Qué debería hacer contigo?" Murmuré entre jadeos. Una pregunta dirigida tanto a mí mismo como a los fríos trozos de metal.

La ducha caliente fue una cascada bienvenida, con el vapor envolviéndome como un velo protector. Dejé que el agua corriera sobre mi cabeza, con los ojos cerrados, como si pudiera lavar las incertidumbres que me acompañaban. El interés de la Cosa Nostra por el AC Milan era un nudo que no podía deshacer. Un sindicato mafioso siciliano entrometiéndose en un club de fútbol del norte... no tenía sentido.

"¿Se trata de blanqueo de dinero? ¿Influencia? ¿Algo más insidioso?" Me quedé pensativo.

Y Francesca. Un enigma envuelto en un nombre. Se suponía que ella debía guiarme a través de este laberinto, pero ¿era ella el hilo que me llevaría fuera o más adentro de este dédalo? En la mitología, el laberinto fue diseñado para contener al Minotauro. Pero, ¿quién era la bestia en este escenario?

Limpié el espejo de vapor y me miré a los ojos, más cansados que antes, con las líneas marcadas por años de perseguir sombras.

"¿Cuál es tu papel en esto, Leilac?" Le pregunté al reflejo.

El hombre del espejo no ofreció ninguna respuesta.

Me vestí rápidamente y empecé a hacer la maleta. Cada cosa tenía su sitio: una apariencia de orden en medio del caos. La mochila Boggi Milano estaba abierta, esperando. Metí con cuidado la pistola desmontada y la envolví en una simple camiseta. Su peso era desproporcionado en relación con su tamaño, una carga silenciosa.

Me detuve. "¿Qué voy a hacer con esto?" Reflexioné. "¿Desecharlo? ¿Guardarlo? ¿Usarlo?" Ninguna de las opciones me atraía, cada una con sus propias complicaciones.

Un golpe en la puerta rompió el hechizo.

"*Colazione, signore,*" llamó una voz.

"*Avanti,*" respondí.

Un miembro del personal del hotel entró con un carrito de desayuno: una jarra con un rico aroma a café, *cornetti* frescos y un pequeño plato de bayas.

"Grazie," asentí.

De nuevo solo, me serví una taza y el aroma llenó la habitación. El primer sorbo fue fuerte, estimulante. Me senté junto a la ventana, observando cómo el mundo exterior cobraba vida. La gente se movía ajena a los silenciosos dramas que se desarrollaban en habitaciones como la mía.

Reflexioné sobre el camino que tenía por delante. El encuentro con Francesca, los misterios que entrelazaban la Cosa Nostra y el AC Milan, mi papel involuntario en este laberinto. ¿Era una vez más un peón, un jugador o simplemente un espectador atrapado en el lugar equivocado en el momento adecuado?

El sol se elevaba más alto, bañando Pontedera con una luz dorada. Había cierta belleza en lo desconocido, un frío que me exaltaba y me inquietaba. Sorbí mi café y me levanté, con una nueva determinación.

"Hora de afrontar el día," susurré.

Fuera lo que fuese lo que me esperaba, me enfrentaría a ello. El laberinto era enorme, pero tal vez, sólo tal vez, podría encontrar el hilo para navegar por él.

***

Tras una hora de viaje por la campiña toscana, llegué a Piombino. El puerto bullía de actividad, con una larga cola de coches que se dirigían lentamente hacia el *ferry* en el muelle 5. El enorme barco destacaba al frente, con su casco reluciente bajo el sol del mediodía.

Tenía las entradas *online* que Toscin me había enviado esa mañana, junto con un *dossier* sobre Francesca. Toscin tenía una habilidad increíble para descubrir huellas digitales; probablemente podría encontrar una señal *Wi-Fi* en las Catacumbas. Mientras esperaba, hojeé el *PDF* en mi teléfono. Francesca Russo: una abogada siciliana con una *villa de* quinientos mil euros en Cefalú, a menos de cincuenta kilómetros de Palermo. Definitivamente, no era una abogada de oficio pasándolo mal.

"¿Por qué aquí? ¿Por qué necesito un abogado?" Pensé.

Su currículum era impresionante: educada en Londres, dominaba varios idiomas y ambos padres habían fallecido. Su padre había sido diplomático italiano; su madre, historiadora británica especializada en culturas mediterráneas. Parecía que Francesca había heredado una mezcla de agudo intelecto y astucia internacional. ¿Pero una abogada vinculada a la Cosa Nostra? Mi papel en este laberinto era cada vez más complicado.

La cola avanzó y entré en el *ferry*, aparcando el Fiat entre un mar de vehículos. Con algo de tiempo de sobra, subí a la cubierta mientras partíamos, con la tierra firme desapareciendo poco a poco como una visión desvanecida. La brisa marina era fresca, cargada de olor a sal.

Atracamos en Portoferraio, el corazón de la isla de Elba, lugar de exilio de Napoleón. Aparqué el coche en *Parcheggio via Vittorio Emanuele* II y enseguida vi a Francesca sentada en una silla blanca de plástico frente a la Caffetteria Panelba. Incluso desde lejos, era inconfundible, como en la fotografía que Vittorio me había dado: pelo oscuro enmarcando un rostro que destilaba confianza.

"Buongiorno," dije con una amplia sonrisa mientras me acercaba.

Sus ojos verdes se cruzaron con los míos, evaluándome con una intensidad desconcertante e intrigante. Me había estado observando desde que aparqué el coche, pero ahora su mirada parecía sondear más profundamente, como si evaluara mi alma.

Se levantó con elegancia y cogió un casco clásico de la silla que tenía al lado.

"Ven conmigo. Deja que te enseñe Portoferraio," dijo con voz suave como la de un whisky añejo.

Sin esperar respuesta, me guió hasta una vieja Vespa aparcada cerca. Abrió el compartimento trasero y sacó otro casco.

"Es grande; debería quedarte bien."

"¿Vamos en Vespa?" Pregunté.

"Sí. Nos vigilan," respondió con calma.

"Me he dado cuenta," dije, lanzando una discreta mirada a su alrededor. "¿Sabes quiénes son?"

"Puede que haya mucha gente, pero apuesto a que son del *Nucleo Operativo Centrale di Sicurezza*," respondió.

34

"¿Los *Carabinieri*?" Enarqué una ceja.

"Sí. Una unidad altamente especializada de los *Carabinieri* para operaciones antimafia," confirmó.

"Creo que me siguen desde ayer," admití.

"Súbete a la Vespa y vámonos," me ordenó.

Me senté en el asiento trasero y sentí el calor de su cuerpo irradiando contra el mío. La Vespa ronroneó suavemente al ponerse en marcha y nos fundimos en el flujo de las estrechas calles de Portoferraio.

"¿Adónde vamos?" Pregunté por encima del zumbido del motor.

"Te enseñaré Portoferraio, como los turistas en Vespa," respondió.

Nos deslizamos por las encantadoras callejuelas del *Centro Storico di Portoferraio*, con las coloridas fachadas de los edificios fundiéndose en un vibrante mosaico. El viento me azotaba la cara mientras nos cruzábamos con lugareños y turistas, y el motor de la Vespa vibraba bajo nuestros pies.

Francesca señalaba puntos de referencia a nuestro paso.

"Esa es la Casa de los Molinos Napoleónicos," dijo, señalando con la cabeza una imponente *villa*. "Pasó meses aquí, tramando su regreso al poder."

"Supongo que el exilio no era tan duro entonces," comenté.

"Depende de la perspectiva," respondió enigmáticamente.

Subimos hacia el Fuerte Falcone, la antigua fortaleza situada en lo alto de la colina. Desde allí, la vista panorámica era impresionante: el mar Tirreno se extendía sin fin, con sus aguas zafiro besando el horizonte.

"Elba tiene una forma de hacerte olvidar tus problemas," dije suavemente.

"O para recordarlos," replicó ella.

"Tal vez."

Al descender de la fortaleza, nos dirigimos *a la Spiaggia delle Ghiaie*, una playa virgen de guijarros pulidos por siglos de olas. La Vespa se detuvo suavemente frente *al Ristorante Pizzeria Le Sirene*.

"Es hora de descansar," anunció, desmontando de la *scooter*.

Me quité el casco y me pasé la mano por el cabello.

"¿Aquí termina la visita guiada?"

"Por ahora," dijo. "Podemos hablar aquí."

Nos sentamos en una mesa con vistas al mar. El camarero se acercó y pedimos: *pasta* fresca con marisco para ella, una *pizza* Margherita clásica para mí y una botella de Vermentino frío para compartir.

Mientras esperábamos, decidí abordar el tema que me atormentaba, "entonces, Francesca, dime ¿por qué necesito un abogado?"

Me estudió un momento antes de responder. "Estás involucrado en asuntos que requieren... una navegación delicada."

"¿Asuntos relacionados con la Cosa Nostra y el AC Milan?"

Enarcó una ceja. "Has hecho los deberes."

"¿Y dónde encajo yo en este gran esquema?"

"Puedes ser un activo valioso, o un daño colateral," dijo con franqueza. "Mi papel es asegurarme de que eres el primero."

"¿Por qué yo?"

"Digamos que nuestros intereses coinciden. Por ahora," respondió, haciéndose eco del mismo sentimiento enigmático que Vittorio me había ofrecido.

El camarero volvió con nuestra comida y durante unos momentos comimos en silencio contemplativo. La *pizza* estaba deliciosa, el vino fresco, un contraste sorprendente con la complejidad de nuestra conversación.

"Estudiaste en Londres," señalé, rompiendo el silencio.

Parecía gratamente sorprendida. "Sí. *University College London.* Derecho y Relaciones Internacionales."

"¿Tu madre era británica?"

"Sí. Sabes mucho de mí," sonrió con sarcasmo. "Ella me inculcó el amor por la historia y la mitología," dijo pensativa. "Es curioso cómo esas viejas historias parecen repetirse."

"Por supuesto. Me siento como si estuviera atrapado en un laberinto en este momento – un laberinto sin salida clara ."

Sonrió suavemente. "Todo laberinto tiene un hilo que seguir. Sólo tienes que encontrarlo."

"¿Te ofreces a ser mi Ariadna?" Pregunté, refiriéndome a la figura mitológica griega que ayudó a Teseo a navegar por el Laberinto proporcionándole un hilo conductor.

"Por supuesto," dijo, con los ojos sonriendo. "Pero recuerda, incluso Ariadna se quedó atrás al final."

"Entendido," dije, encontrándome con su mirada.

Cuando terminamos de comer, el sol de principios de tarde brillaba con fuerza y proyectaba reflejos nítidos sobre el agua. Era idílico, casi lo suficiente como para olvidar las corrientes subterráneas de peligro.

"¿Cuál es nuestro siguiente paso?" Pregunté.

"Los *Carabinieri* están vigilando."

"¿Debería preocuparme?"

"Sólo si te asustas fácilmente," bromeó.

Me reí. "Después de los últimos años, mi umbral del miedo ha aumentado considerablemente."

"Bueno," dijo ella, levantándose, "¿continuamos nuestra visita?"

Volvimos a la Vespa y, mientras me acomodaba en el asiento trasero, no pude evitar la sensación de haber dado otro paso en el laberinto. Pero con Francesca como guía, quizá tuviera alguna posibilidad de encontrar la salida, o al menos de entender el diseño.

Francesca detuvo la Vespa junto a mi Fiat en *Parcheggio via Vittorio Emanuele II*. El sol aún estaba alto y proyectaba una luz brillante sobre las calles adoquinadas. Locales y turistas se movían a nuestro alrededor, ajenos a las sutiles tensiones que se escondían tras nuestra conversación.

"Hoy se trataba de conocernos," dijo, quitándose el casco y sacudiéndose el pelo oscuro. "Sentir la vibración entre nosotros y el espíritu de la isla."

"¿Y mañana?" Pregunté, esperando más claridad.

"Dentro de una semana volveremos a reunirnos aquí, a la misma hora y en el mismo lugar. La misión empezará ese día," respondió ella, con los ojos escrutando la zona. "Y asegúrate de que no te siguen."

"¿Pero cuál es la misión?" Insistí. Insistí. "Sé que el objetivo es detener la investigación sobre los negocios y los accionistas del AC Milan, pero ¿cuál es el plan? ¿Qué debo hacer?"

Dudó un momento antes de hablar. "Vas a ayudarme... a influir en un juez italiano que va a pasar una temporada aquí tras un divorcio difícil."

Enarqué una ceja. "Influencia, como en..."

"Sí," confirmó, con la mirada firme. "Es vulnerable y vas a ayudarme a seducirlo."

Suspiré internamente. Las operaciones se entrelazaban con las relaciones personales y las emociones se utilizaban como palanca. Por alguna razón, estas situaciones se me escapaban de las manos.

"Entonces, ¿qué debo hacer hasta entonces?" Pregunté.

"Disfruta de Italia y despista a tus perseguidores," me aconsejó. "Llega el día antes de la operación para que podamos planear juntos los detalles."

"*Arrivederci,* Francesca," dijo, haciendo una leve reverencia.

"*Arrivederci,* Leilac," respondió, y sus ojos se detuvieron en los míos un instante antes de darse la vuelta y alejarse, con el motor de la Vespa zumbando suavemente mientras desaparecía.

***

Me metí en el coche de alquiler, el olor fresco y familiar de la tapicería y un sutil toque de ambientador me reconfortaron momentáneamente mientras me preparaba para el viaje. Mientras arrancaba el motor, se me pasó por la cabeza una idea: tal vez fuera un buen momento para ponerme en contacto con Mariangela. Hacía meses que no nos veíamos y la idea de pasar un rato tranquilo juntos me resultaba más que atractiva.

Me vino a la mente Forte dei Marmi, una encantadora ciudad costera con la mezcla perfecta de lujo y aislamiento. Pero quizá nuestro escondite favorito, Il Pellicano, en Grosseto, sería mejor. A hora y media en coche, escondido de miradas indiscretas. Por otro lado, para algo realmente fuera de lo común, Monterosso al Mare, en las *Cinque Terre*, parecía perfecto. Noviembre traería temperaturas más suaves, lo bastante agradables para pasear sin las multitudes de turistas del verano.

"Unos 60 grados Fahrenheit," reflexioné en voz alta, recordando que en noviembre había unos 18 grados centígrados. El clima era ideal para explorar y la escasa aglomeración de gente permitía lo que podría llamarse intimidad.

Decidido, marqué el número de Mariangela. El teléfono sonó dos veces antes de que contestara su voz familiar, cálida y ligeramente acentuada.

"¡Leilac!" Ella respondió a la llamada. *"¡Ciao, tesoro!"*

"Hola, cariño. Estaba pensando," empecé, maniobrando el coche hacia la carretera principal, "¿qué tal una escapada espontánea a la Riviera italiana?"

Se rió suavemente. "La espontaneidad siempre ha sido tu fuerte. ¿Cuál es la ocasión?"

"¿Necesito una ocasión para llevar a una mujer hermosa?" Contraataqué.

"La adulación te lleva a todas partes," respondió ella. "Pero en serio, ¿dónde y cuándo?"

"Monterosso al Mare." Dime, ¿hoy si puedes, o mañana? Yo me encargo de todo."

Hubo una pausa al otro lado y luego dijo, "tienes una *sincronización* impecable. Necesito un descanso del caos que hay aquí. Pero no puedo hasta mañana."

"Perfecto. Te mando los detalles por WhatsApp."

"No puedo esperar," dijo en tono genuino. "Y, *tesoro*, me alegro de oír tu voz."

"El tuyo también, *amore*. Buen viaje."

Al terminar la llamada, sentí una oleada de entusiasmo. Quizá unos días en buena compañía me ayudarían a despejar la mente antes de volver a sumergirme en las turbias aguas de esta misión. Estar con Mariangela es siempre lo mejor que puedo hacer en mi vida.

Mientras conducía hacia la terminal del *ferry*, el horizonte se extendía frente a mí, con el mar fundiéndose con el cielo. Los *Carabinieri* podían estar vigilando, pero por ahora yo era un viajero más de camino a tierra firme.

Al subir al *ferry*, aparqué el Fiat y me dirigí a la cubierta superior. El viento traía el olor a sal y la promesa de nuevos comienzos. Apoyado en la balaustrada, observé cómo Elba se alejaba lentamente con su escarpada costa bañada por los tonos dorados del atardecer.

No podía evitar la sensación de que la semana siguiente sería crucial. Se avecinaba la misión con Francesca, cuyos detalles eran oscuros pero su importancia evidente. Ayudar a influir en un juez era una empresa delicada, plagada de dilemas éticos y posibles trampas.

"¿Por qué siempre me veo envuelto en estas situaciones?" Murmuré para mis adentros. La seducción y el subterfugio son herramientas del oficio, pero dejan un sabor amargo.

Sonó la bocina del transbordador, un sonido grave que resonó en el agua. Respiré hondo, llenando los pulmones con el aire fresco de la noche.

Por ahora, me concentraría en el futuro inmediato: unos días de descanso con Mariangella. Después, el laberinto esperaría, y con suerte encontraría el hilo para navegar por sus vericuetos.

"Un paso a la vez, Leilac," pensé. "Un paso a la vez."
***

4

La verdad del amor, las mentiras de noviembre
Monterosso al Mare, Italia

Estaba en el andén de la pequeña estación de Monterosso al Mare, con la niebla marina envolviéndome como un fantasma vacilante. El aire de noviembre era fresco, con un ligero aroma a sal y sol. El tren se detuvo con un chirrido, las puertas se abrieron con un suspiro mecánico. Y entonces la vi.

Mariangela salió del tren y su silueta se perfiló con una gracia familiar sobre el gris. Su pelo rubio captaba el tenue sol invernal y sus mechones bailaban con la suave brisa. Aquellos ojos verde esmeralda que una vez guardaron secretos que les confié se encontraron con los míos y, por un momento, todo lo demás se desdibujó. Sonrió suavemente, un gesto profundo que despertó algo que yo creía dormido desde hacía mucho tiempo.

Dejó su pequeño equipaje, una modesta maleta que contrastaba con el peso de nuestra desvertebrada historia. Antes de que pudiera moverme, ella corría hacia mí, acortando la distancia como un coro familiar que resurge. Saltó a mis brazos y sus labios encontraron mi boca con una intensidad que desafiaba el frío del aire. El tiempo pareció detenerse, el tren que partía era sólo un borrón de color en mi visión periférica. En aquel beso, el mundo se redujo a nosotros dos, como si el laberinto de nuestro pasado se hubiera desenredado momentáneamente.

"Ben arrivata, tesoro," murmuré cuando por fin nos separamos, con los pies de nuevo en tierra firme.

"¿Acabas de llegar?" Preguntó.

"No, llegué ayer," respondí, recogiendo su maleta. "Estaba en Elba cuando te llamé."

"¿Haciendo qué?" Ella ladeó la cabeza, sus ojos buscando respuestas.

"Un trabajo," dije, tratando de sonar sin compromiso. "Pero no entremos en eso." Señalé hacia la salida. "Nos alojamos en el Hotel Porto Roca. Está a unos quince minutos a pie. Mejor que esperar al chófer del hotel, sobre todo en un día como hoy. Los turistas se han retirado y es nuestro camino."

Asintió y salimos juntos de la estación.

La vista se desplegó ante nosotros: la playa se extendía, el mar de Liguria era un mosaico de azules y verdes. Giramos a la izquierda y nos incorporamos a la calle peatonal que bordea la costa. El sonido de las olas acariciando la orilla llenaba los espacios de nuestra conversación. Atravesamos el túnel bajo el *Convento dei Frati Cappuccini.* Los antiguos muros de piedra nos rodearon, acercándonos aún más. Al salir por el otro lado, la pintoresca ciudad se reveló, con sus edificios de colores pastel aferrados a los acantilados como si desafiaran la gravedad.

Nuestra conversación serpenteaba como el camino por el que viajábamos: agradable en la superficie pero con corrientes que ninguno de los dos se atrevía a explorar. Hablamos de cosas seguras: la belleza de las *Cinque Terre* fuera de temporada, el encanto de los pueblos desiertos, la forma en que la luz caía sobre el agua. Bordeamos con cuidado los agujeros llamados Camilla y Baumann, esos persistentes espectros que habían puesto cuñas entre nosotros.

Cuando empezamos a subir hacia el hotel, la suave pero constante pendiente nos robaba miradas. Mariangela me resultaba familiar y lejana a la vez, como un libro favorito cuyas páginas se hubieran reordenado.

El Hotel Porto Roca nos esperaba en lo alto de la colina, erguido como un centinela sobre el mar. Sus balcones se extendían hacia el exterior, adornados con sombrillas turquesas que ondeaban al viento, un toque de color frente a los tonos apagados del paisaje.

"Sigue siendo tan impresionante como siempre," comentó, disfrutando de la vista.

"Espera a verlo desde el dormitorio," dije, justo cuando sonó mi teléfono, una intrusión brusca. Lo saqué para ver una notificación de correo electrónico iluminando la pantalla. El asunto decía: "Demanda contra Baumann."

"¿Va todo bien?" Preguntó Mariangela, dándose cuenta de mi expresión tensa.

"Nada importante," mentí, guardándome el teléfono en el bolsillo. "Sólo trabajo."

Su mirada se detuvo en mí un momento, un interrogatorio silencioso. Luego la soltó. "¿Entramos?"

"Por supuesto. La vista es aún mejor desde el balcón de la habitación," dije, forzando una sonrisa.

Entramos en el hotel, el calor del vestíbulo nos envolvió mientras ella se registraba. A pesar del ambiente acogedor, no podía deshacerme de la inquietud que se había apoderado de mí. El nombre de Baumann había resurgido como una mala noticia, amenazando con empañar este frágil reencuentro. Me pregunté si los Parca se estaban riendo a mi costa, tejiendo ilusiones que yo no podía discernir hasta que me vi envuelta en ellas.

Pero por ahora, había decidido concentrarme en el momento. Seguí a Mariangela hacia el ascensor, su figura se movía con la misma gracia que recordaba. Tal vez, sólo tal vez, este laberinto tenía una salida después de todo.

***

Entramos en la habitación del hotel y lo primero que me llamó la atención fue la elegancia del espacio, que parecía reflejar a la propia Mariangela. Las paredes estaban pintadas en tonos suaves y neutros reflejaban la luz de las discretas lámparas situadas encima, proyectando un cálido resplandor por todo el espacio. La cama dominaba la habitación: una obra maestra con un cabecero de hierro forjado de intrincado diseño, cubierto con lujosas sábanas con motivos dorados y azules. Desprendía un encanto antiguo que nos envolvía, haciendo que el momento presente pareciera sólo nuestro.

En una esquina había una zona para sentarse: dos mullidos sillones flanqueaban una pequeña mesa redonda, el tipo de lugar en el que uno puede tomarse un *espresso* y fingir que el mundo exterior no existe. El espacio abierto ofrecía una sensación de libertad, un contraste con los giros laberínticos que había dado mi vida últimamente.

Mariangela avanzó delante de mí, rozando con los dedos el brazo de una silla mientras se dirigía a las puertas del balcón.

"Tienes que ver esto," dijo, con su voz cargada de ese entusiasmo natural que yo recordaba tan bien. Abrió las puertas y una suave brisa invadió la habitación, trayendo consigo el aroma del mar y algo más, tal vez la posibilidad.

La seguí hasta el balcón. La vista era, en una palabra, impresionante. El mar de Liguria frente a nosotros era un lienzo de colores en constante cambio. A la derecha, la costa rocosa rodeaba la vibrante ciudad de Monterosso al Mare, con sus coloridos edificios. Los viñedos en terrazas salpicaban las verdes laderas, testimonio de la perseverancia humana frente a la dureza del paisaje.

Mariangela estaba de pie junto al parapeto de hierro forjado con los brazos abiertos mientras respiraba hondo. "Es como si el mundo contuviera la respiración," dijo.

"Quizá lo sea," respondí, observándola a ella más que a la vista. Parecía formar parte del paisaje: intemporal, hermosa, pero distante.

Se volvió hacia mí con una sonrisa juguetona en los labios. "Ven aquí," me dijo.

Avancé y, antes de darme cuenta, me estaba empujando suavemente hacia atrás a través de las puertas del balcón. Tropecé ligeramente y caí sobre el borde de la cama. Ella me siguió y sus labios se encontraron con los míos con un hambre que me tomó por sorpresa.

Los meses de separación se desvanecieron cuando nos entregamos al momento. Sus dedos desabotonaron hábilmente mi camisa, cada movimiento era como si estuviera desenvolviendo un regalo largamente esperado. Le bajé los tirantes del vestido por los hombros y la tela crujió al caer al suelo. Se detuvo brevemente, una silueta contra el cálido resplandor de la habitación, antes de que la guiara de nuevo hacia mí.

Besé su cuello, trazando una línea hasta su regazo, saboreando el sabor familiar de su piel. Se arqueó contra mí mientras mis manos exploraban las curvas que había memorizado pero que tanto había echado de menos. La tumbé suavemente en la cama y la besé por todo el cuerpo, sintiendo cómo se estremecía bajo mis caricias.

Descendí más y mis labios y mi lengua provocaron un suave suspiro al encontrar los lugares sensibles que la hacían respirar entrecortadamente. Susurró mi nombre, sus dedos se enredaron en mi pelo mientras yo continuaba y sus reacciones me guiaban. Cuando alcanzó el clímax, fue con una intensidad silenciosa, su cuerpo se estremeció mientras se aferraba a mí.

Tiró de mí y sus ojos se clavaron en los míos en una mezcla de ternura y deseo. Se dio la vuelta, tomó el control y sus labios trazaron un camino a lo largo de mi mandíbula antes de volver a capturar mi boca. Sus manos se movieron con confianza y pronto me dejé llevar por las sensaciones mientras me introducía en su boca. El mundo se redujo a calor y ritmo, con cada terminación nerviosa viva.

Incapaz de esperar más, tiré de ella y me introduje en su interior. Nos movimos juntos, una danza sincronizada de necesidad y pasión. La habitación pareció desaparecer y quedamos los dos entrelazados. La levanté de la cama, sus piernas rodearon mi cintura mientras nos poníamos de pie, el nuevo ángulo intensificaba cada sensación. Su aliento me llegaba caliente al oído y sus susurros se mezclaban con el pulso de nuestros movimientos.

Volvimos a tumbarnos en la cama, ninguno de los dos dispuesto a dejar que el momento terminara. El tiempo dejó de tener sentido mientras nos explorábamos una y otra vez, disolviéndose los límites entre nosotros con cada respiración compartida. El sudor brillaba en nuestra piel, testimonio del fervor que ninguno de los dos había previsto, pero que ambos necesitábamos claramente.

Finalmente, exhaustos y satisfechos, nos tumbamos acurrucados sobre las sábanas desordenadas. Su cabeza descansaba sobre mi pecho y sus dedos dibujaban perezosos círculos sobre mi piel. El ritmo constante de su respiración coincidía con el mío y, por un momento, no hubo nada más que el apacible silencio de nuestro reencuentro.

Más tarde, mientras yacía a su lado, con la habitación ensombrecida por la noche que se acercaba, algo parecía... raro. No en el sentido físico –no, eso era tan intenso como sempre– pero había una distancia en sus ojos que antes no existía. Miraba el techo ornamentado con sus pensamientos claramente alejados.

"Hora del baño," anunció de repente, deslizándose fuera de la cama y envolviéndose en una bata.

La puerta del baño se cerró tras ella y el sonido del agua pronto llenó la habitación. Me senté, con las sábanas amontonadas a mi alrededor, e intenté sacudirme la sensación de que algo iba mal. Habían pasado casi seis meses desde Portofino, desde que habíamos estado juntos así. Seguíamos en contacto –mensajes de texto, llamadas ocasionales-, pero ya no era lo mismo. Quizá el fantasma de Camilla seguía planeando sobre nosotros, o quizá el tiempo simplemente había erosionado lo que teníamos.

Me levanté y salí al balcón. El aire fresco contrastaba con el calor del interior. El sol empezaba a ponerse, coloreando el cielo en tonos naranjas y morados. Mariangela nunca se perdería una puesta de sol así, no la Mariangela que yo conocía. Y nunca se bañaba sin llevarme a rastras, riendo mientras nos metíamos bajo el agua demasiado caliente.

"Ella está diferente," pensé. "O quizá yo lo sea."

Me apoyé en la barandilla, observando cómo el horizonte se tragaba el sol, cuando sentí un suave aliento en la nuca. Un escalofrío me recorrió la espalda.

"Comparte este atardecer conmigo," susurró.

Me di la vuelta y la vi allí de pie, envuelta en una toalla que parecía a punto de caerse en cualquier momento. Sus ojos se clavaron en los míos y, por un segundo, la distancia que había sentido antes desapareció. Se acercó, la toalla se soltó y cayó justo cuando nuestros labios se volvieron a encontrar. Nos quedamos allí, siluetas contra la luz mortecina, y por un momento todo lo demás desapareció: la misión a Elba, la inminente deuda con el siciliano y la enmarañada red de mi supuesta vida. Pero a medida que las sombras se alargaban, también lo hacían las dudas.

Más tarde, vestidos y listos para explorar el pueblo, salimos de la habitación. El aire de la noche era fresco, con el aroma de los olivos y las notas lejanas de una mandolina en alguna esquina. Mariangela deslizó su brazo entre los míos, su tacto ligero pero reconfortante.

"¿A dónde vamos?" Preguntó ella.

"A cualquier parte," respondí. "A todas partes."

Se rió suavemente. "Siempre el aventurero."

"Mejor que quedarse quieto."

Mientras caminábamos por las estrechas calles, entre tiendas cerradas y bajo la atenta mirada de los viejos edificios de piedra, no podía evitar la sensación de que éramos actores en una obra sin guión. Improvisábamos y esperábamos a que el otro diera las indicaciones.

Encontramos una pequeña *trattoria* escondida en un callejón. El tipo de lugar donde la abuela del dueño probablemente aún remueve la salsa. Entre platos de *pasta* y copas de vino tinto, hablamos de todo y de nada. Pero bajo la conversación superficial, acechaban las preguntas.

En un momento dado, me miró por encima del borde de su vaso. "¿Has pensado en dejar todo esto atrás?"

Me encontré con su mirada. "¿Todo qué?"

Hizo un gesto vago. "Las prisas, los secretos. El laberinto que has construido a tu alrededor."

"Todos los días," admití.

"¿Entonces por qué no lo haces?"

Me encogí de hombros. "Es más fácil decirlo que hacerlo."

Suspiró, dejando traslucir una pizca de frustración. "Tal vez sólo necesitas una razón."

"Sí, quiero. Tú..." dije, con las palabras suspendidas en el aire entre nosotros. Mi corazón latía con fuerza mientras daba el salto. "¿Quieres casarte conmigo?"

Su tenedor se detuvo a medio camino de la boca. Me miró, realmente sorprendida. "¿Casarme? Repitió, sus ojos sondeando los míos. "Pensé que no querías volver a casarte. ¿Por qué has cambiado de opinión?"

"Por ti," respondí, manteniendo el contacto visual. "He estado mirando casas en Sicilia. Lugares donde podríamos vivir juntos. Empezar de nuevo."

Dejó el tenedor con cuidado y su expresión pasó de la sorpresa a algo más reservado.

"No puedo, ahora no," dijo en voz baja.

Se me hizo un nudo en el estómago. "¿Por qué no? ¿Se trata de Camilla? Eso se acabó. Está en el pasado, al igual que Mateo está en el tuyo."

Al oír su nombre, su expresión cambió. Un destello de algo – culpabilidad, tal vez– cruzó sus rasgos.

"Sí," murmuró.

"¿Sí?" Me incliné hacia delante. "Sí, ¿qué?"

Bajó la vista a la mesa y trazó con un dedo el borde de su copa de vino.

"Mateo no se casó," dijo finalmente.

Fruncí el ceño. "¿Qué quieres decir? La última vez que hablamos de él, dijiste que iba a casarse con esa española. Me lo dijiste en Portofino."

Suspiró, con los hombros ligeramente caídos.

"Canceló la boda. Se presentó en mi piso, dijo que no podía casarse con otra porque sigue enamorado de mí."

Un escalofrío me recorrió la espalda.

"¿Y qué le dijiste?"

"Le dije que no le quiero," respondió ella.

"Entonces tiene que aceptarlo y seguir con su vida," dije, intentando mantener un tono neutro.

Sacudió lentamente la cabeza.

"Dijo que no podía vivir sin mí. Que si no le aceptaba de nuevo, él..." vaciló.

"¿Él qué?"

"Dijo que se suicidaría. Y lo intentó. Tomó una sobredosis de pastillas."

Me recosté en la silla, procesando esta nueva información.

"Parece chantaje emocional," dije con cuidado. "Un movimiento desesperado para llamar tu atención."

Levantó la vista bruscamente. "No es tan sencillo. Le conozco desde hace años. Lucha contra la depresión."

"Aún así, no puedes ser responsable de sus decisiones," repliqué. "No puedes sacrificar tu felicidad por sentirte culpable."

Se frotó las sienes, como si tratara de evitar un inminente dolor de cabeza. "Es más complicado que eso."

"¿É?" Pregunté, con una pizca de frustración filtrándose en mi voz. "¿O estás dejando que te manipule?"

"¿Por qué te pones así?" Soltó, con los ojos brillantes.

"Porque veo lo que está pasando," le dije. "Te estás alejando de mí por su culpa. Estás dejando que sus acciones controlen tu vida."

Se levantó bruscamente, con la silla raspando el suelo. "No lo entiendes."

"Entonces ayúdame a entender," repliqué. "Estoy aquí, intentando construir algo contigo. Pero tienes que dejarme entrar."

Se dio la vuelta y se abrazó a sí misma. El animado bullicio de la *trattoria* se desvaneció en el fondo, el tintineo de platos y cubiertos un eco lejano.

Tras un largo momento, habló. "Me siento responsable," admitió. "Si le pasara algo por mi culpa... no podría vivir con ello."

Me levanté y me puse a su lado.

"Escúchame," le dije suavemente. "No eres responsable de sus decisiones. No puedes salvar su vida sacrificando la tuya."

Me miró, con lágrimas en los ojos. "¿Y si soy el único que puede ayudarle?"

"No lo hará," dije con firmeza. "Necesita ayuda profesional. Apoyo familiar, terapeutas. No a una ex novia a la que intenta hacer sentir culpable para que vuelva."

Se secó los ojos y se recompuso.

"Quizá tengas razón," dijo en voz baja.

Le puse una mano en el hombro. "Mariangela, quiero un futuro contigo. Pero no podemos avanzar si te quedas anclada en el pasado."

Me miró, con la vulnerabilidad grabada en el rostro. "No sé qué hacer."

"Empieza por dejarte llevar," sugerí. "Déjale encontrar su propio camino, y tú encuentra el tuyo conmigo."

Me estudió un momento y luego asintió lentamente.

"Lo intentaré," dijo.

"Es todo lo que puedo pedir."

Volvimos a nuestros asientos y la tensión disminuye ligeramente. El camarero se acerca, nos observa con cautela antes de rellenar nuestras copas.

"Deberíamos tomar el aire," sugerí tras un sorbo de vino.

Aceptó y salimos de la *trattoria*, adentrándonos en la fresca noche. Las estrechas calles estaban iluminadas por el cálido resplandor de las farolas, que proyectaban sombras alargadas sobre los adoquines.

Mientras caminábamos, le tendí la mano. Ella vaciló brevemente antes de dejar que nuestros dedos se entrelazaran.

"Lo siento," dijo después de un rato. "Por sacarte ésto."

"Me alegro de que me lo hayas dicho," respondí. "No más secretos entre nosotros."

Sonrió un poco. "No más secretos."

Caminamos en silencio durante un rato, el sonido del mar lejano acompañando nuestros pensamientos.

"Sobre lo que preguntaste antes," empezó.

"¿Sí?"

"Matrimonio." No es que no quiera. Sólo necesito tiempo para arreglar las cosas."

Le apreté suavemente la mano. "Lo comprendo. No me voy a ninguna parte."

Me miró, agradecida. "Gracias."

Llegamos a un mirador con vistas al agua. La luna colgaba baja en el cielo y su reflejo centelleaba en las suaves olas.

"Hermoso, ¿no?" Le dije.

"Lo es," aceptó, apoyándose en mí.

Por primera vez aquella noche, sentí una sensación de calma. El laberinto de nuestras vidas seguía siendo complejo, pero quizá empezábamos a recorrerlo juntos.

"Paso a paso," murmuré.

Apoyó la cabeza en mi hombro. "Un paso a la vez."

Permanecimos allí largo rato, dejando que el ritmo del mar nos bañara, ahuyentando las incertidumbres... al menos por un momento.

"Mañana," dijo, "haremos algo diferente. Sin planes, sin distracciones."

"Bien," respondí.

***

Los días siguientes fueron como un sueño despierto. Mariangela y yo paseamos por las calles de Monterosso al Mare, el aire de noviembre era fresco pero no desagradable. Nos tomamos nuestro tiempo para explorar los demás pueblos de *Cinque Terre*, cada uno una joya precariamente situada a lo largo de la escarpada costa. En Manarola, nos apuntamos a una clase de elaboración de *pesto* en Nessun Dorma, situado en lo alto del mar. Las vistas eran espectaculares: casas de colores cayendo por los acantilados y olas rompiendo debajo. Nos reímos como niños mientras machacábamos hojas de albahaca, con las manos teñidas de verde y el aroma envolviéndonos.

"Cada vez lo haces mejor," bromeó, dándome un codazo.

"Talento natural," respondí, fingiendo arrogancia.

"O quizá sea la excelente instrucción," replicó ella, con los ojos centelleantes.

Pasamos un día relajado en Portofino y almorzamos en el Belmond Hotel Splendido. Sin las habituales multitudes de turistas, el lugar parecía exclusivo, casi secreto. Nos sentamos en la terraza con vistas al puerto y los yates meciéndose suavemente en el agua.

"Esto es perfecto," suspiró, dando un sorbo a su vino.

"Casi demasiado perfecto," reflexioné.

"No lo gafes," advirtió, pero sonreía.

Pasábamos las noches enredados en los brazos del otro, borrando la distancia física de los últimos meses en una serie de abrazos fervientes. Era como si intentáramos recuperar el tiempo perdido, aferrándonos a la ilusión de que esta burbuja en la que estábamos podría durar para siempre.

Pero la perfección tiene una forma de resaltar las imperfecciones que acechan bajo la superficie.

En nuestra última mañana juntos, estaba recogiendo mis cosas, organizando la ropa y las pertenencias en mi mochila Boggi Milano. Mariangela estaba sentada en el borde de la cama hojeando una guía que había cogido, marcando las páginas para "la próxima vez," como ella decía. Cuando tiré de una *camiseta* doblada, las piezas desmontadas de la pistola cayeron sobre el mármol con un sonido agudo e inconfundible. El metal contra la piedra resonó más fuerte de lo que me hubiera gustado.

Bajó la vista, con los ojos muy abiertos al ver los trozos esparcidos a mis pies.

"¿Qué demonios es esto?" Preguntó. "¿Ahora llevas un arma?"

Recogí apresuradamente los trozos y me los volví a meter en la camiseta. "No es nada," dije rápidamente. "Sólo un favor para un amigo. Necesitaba unas modificaciones para una competición de tiro."

Se levantó lentamente, cruzándose de brazos. "Odias las armas."

"Las odio," insistí, evitando su mirada. "Pero él insistió. No podía negarme."

Sacudió la cabeza y la frustración se hizo evidente en su rostro. "¿Tienes problemas, Leilac? ¿Hay algo que no me estás contando? ¿Estamos en peligro?"

"No, claro que no," mentí, forzando una sonrisa que no sentía. "No pasa nada. Es sólo una cosa a la vez."

Me miró durante un largo momento, sus ojos buscaban en los míos cualquier señal de la verdad.

"Sin secretos," dijo en voz baja.

Dudé, luego asentí. "Sin secretos."

Pero incluso mientras lo decía, sabía que le estaba fallando. El peso de las mentiras me presionaba como una carga física. Elegir qué camino tomar en este laberinto no sólo era difícil, sino que se estaba volviendo imposible.

Suspiró y la tensión disminuyó un poco. "Me preocupo por ti," dijo. "Por nosotros."

"Lo sé," respondí, poniéndole una mano en el hombro. "Y te prometo que está bien."

Asintió con la cabeza, pero la incertidumbre no desapareció de sus ojos.

Después de comer, nos quedamos en el andén de la estación, con los papeles invertidos desde que ella había llegado. El tren a Milán estaba a punto de llegar. Me miró, con una mezcla de esperanza y duda en su expresión.

"¿Vas a llamarme cuando llegues a Elba?" Me preguntó.

"Por supuesto," dije, "tan pronto como pueda."

"Ten cuidado," añadió, con su mano posada en la mía.

"Lo haré. Y tú... mantente alejado de Mateo, ¿de acuerdo?"

Puso ligeramente los ojos en blanco. "Él no es un problema."

"Aun así, me sentiría mejor sabiendo que está fuera de juego."

Me dedicó una media sonrisa. "¿Celoso?"

"Preocupado," corregí. "Hay una diferencia."

El tren llegó, con un torbellino envolviéndonos. Ella se adelantó y, de repente, se dio la vuelta, envolviéndome en un fuerte abrazo.

"Cuídate," susurró.

"Tú también," respondí, abrazándola.

Luego se marchó, subió al tren y se sentó junto a la ventanilla. Cuando el tren partió, me saludó con la mano, y yo levanté la mía en respuesta, mientras la distancia entre nosotros aumentaba a cada segundo que pasaba.

Permanecí allí hasta que el tren se perdió de vista, el andén vacío excepto por mí y una paloma extraviada que picoteaba migas invisibles.

Volví al hotel a recoger mis cosas, pensando ya en lo que me esperaba. Elba estaba esperando, junto con los planes que Francesca tenía en mente. No podía evitar la incómoda sensación de que me estaban arrastrando a un juego que no comprendía del todo.

Salí del hotel y me dirigí al coche, con la carretera costera serpenteando ante mí. Mientras conducía hacia el *ferry* que me llevaría a Elba, no podía dejar de pensar en el regreso de Mariangela a Milán y en si Mateo encontraría la manera de infiltrarse de nuevo en su vida.

"Aléjate de él," pensé, agarrando con más fuerza el volante. La idea de que él le causara más angustia despertó en mí un sentimiento de protección y celos.

Pero yo tenía mis propias complicaciones. Francesca me esperaba y, con ella, una misión que podía resolver mis problemas o empeorarlos exponencialmente.

El mar estaba a mi lado, aparentemente en calma. Me pregunté si, bajo su superficie, las corrientes se agitaban violentamente, como la agitación que había bajo el barniz de mi propia vida.

Al subir al *ferry*, respiré hondo y el aire salado me llenó los pulmones. Parecía que un laberinto llevaba a otro. Pero quizá, por el camino, encontraría la salida, o al menos descubriría lo que realmente buscaba.

Me apoyé en la barandilla mientras el transbordador se alejaba, observando cómo se alejaba el continente. El sol brillaba en el agua, cegador. Con un poco de suerte, la luz me guiaría a través de las sombras.

***

Desembarqué con la escasa multitud, la mayoría de los cuales eran probablemente lugareños que regresaban a casa.

Tenía una cita con Francesca al día siguiente a las 11 de la mañana en *la Caffetteria Panelba,* el mismo lugar donde nos conocimos. Eso me dejaba la tarde para mí sólo, una zona intermedia entre un laberinto y el siguiente. Decidí aprovechar el tiempo sabiamente.

Tras registrarme *en* el hotel –un lugar que no hacía muchas preguntas-, saqué mi teléfono móvil seguro para ponerme en contacto con Toscin. Encontré un rincón tranquilo en el pequeño patio del hotel y marqué su número, encriptando la llamada como de costumbre.

Contestó al segundo timbrazo. "Leilac, te estaba esperando."

"¿En serio?" Respondí, tomando asiento en un banco de hierro forjado. "Siempre vas un paso por delante."

"Como arena en la playa," dijo. "¿Se fue Mariangela sana y salva?"

"Se fue. Ha vuelto a Milán."

"Bien. Menos preocupación por los daños colaterales."

Suspiré. "Hablando de daños colaterales, recibí un *email* sobre la demanda de Baumann."

"Sí, iba a hablar de eso," dijo, su tono cambió a algo más serio. "Baumann amenaza con demandarte en múltiples jurisdicciones. Demandas por difamación."

Me recosté contra el banco, el hierro forjado presionando incómodamente contra mi columna vertebral.

"Es una amenaza vacía," dijo. "El libro estaba etiquetado como ficción. No utilicé sus nombres reales ni los de Camilla. A menos que quiera admitir el blanqueo de dinero y la aventura de su mujer conmigo, no tiene caso."

"No tan rápido," aconsejó Toscin. "Nuestro equipo jurídico dice que puede que no sea tan sencillo como usted cree. Hay precedentes."

"¿Qué quieres decir?"

"¿Has oído hablar del proceso del *Red Hat Club* en 2009?"

Fruncí el ceño, buscando en mi memoria. "No. Dímelo."

"Una mujer real demandó al escritor, alegando que un personaje de ficción se basaba en ella y la presentaba como una alcohólica promiscua. Ganó $100,000 en indemnización por difamación."

"Ese fue un caso," repliqué. "Hay otros en los que los guionistas han ganado. *The Help* de Kathryn Stockett se enfrentó a una demanda similar en 2011. El demandante perdió el caso."

"Cierto," admitió. "Pero eso fue porque se presentó fuera del plazo legal, debido al estatuto de limitaciones en Misisipi. Las leyes de difamación varían de un país a otro y Baumann pretende demandarle en Europa. Los tribunales de aquí pueden ser menos indulgentes cuando se trata de proteger la reputación personal."

Suspiré, frotándome las sienes. "Aun así, para que afirme que el personaje está basado en él, tendría que admitir los mismos crímenes que intenta ocultar."

"No necesariamente," dijo. "Podría argumentar que la representación daña su reputación sin entrar en detalles. Y si tiene suficiente influencia, podría encontrar un juez dispuesto a considerar el caso."

"Parece que intenta intimidarme."

"Probablemente. Pero no podemos descartar la amenaza por completo. Nuestro equipo jurídico está preparando una defensa, citando casos como *American Gangster*, donde se han rechazado demandas. Pero también advierten de que los tribunales europeos valoran más la intimidad personal y la reputación."

Miré hacia el patio y vi cómo un gato se escabullía por encima de un muro de piedra. "Entonces, ¿cuál es tu consejo?"

"Déjalo en nuestras manos," dijo con firmeza. "Tienes que concentrarte en la misión con Francesca. No podemos tener distracciones."

"Hablando de eso, tengo una reunión con ella mañana a las once."

"Lo sé. Sólo ten cuidado. Baumann puede escalar más allá de las tácticas legales."

Enarqué una ceja. "¿Crees que intentaría algo más... directo?"

"Posiblemente. Es vengativo e ingenioso. Mantén los ojos abiertos."

"Siempre."

"Y, Leilac," añadió, suavizando un poco su voz, "ten cuidado con Francesca."

"¿Por qué? ¿Sabes algo que yo no sé?"

"Sólo una intuición," dijo evasivamente.

"Tomo nota."

Hubo una breve pausa antes de que volviera a hablar. "Una cosa más. El Tribunal Europeo de Derechos Humanos ha defendido la libertad de expresión en casos como el de The Sunday Times *contra* el Reino Unido. Nuestro equipo está analizando cómo aprovechar ese precedente, si es necesario."

Asentí, aunque ella no podía verme. "El artículo sobre el escándalo de la talidomida. Decidieron que la orden judicial violaba el artículo 10 del CEDH."

"Exactamente. Eso podría reforzar nuestra posición."

"Bueno, al menos son buenas noticias."

"No te conformes," advirtió. "Baumann es tenaz."

"La historia de mi vida."

"Mantenme informado," dijo. "Y recuerda, céntrate en la misión."

"Yo lo haré."

Tras la llamada, vuelví a guardarme el móvil en el bolsillo.

El sol ya había desaparecido por el horizonte cuando salí del hotel. El final de noviembre trajo noches tempranas a Elba y la oscuridad envolvió la isla en un apacible silencio. Tenía la noche por delante y pensaba aprovecharla.

Comencé mi reconocimiento con un paseo por las calles de Portoferraio. La ciudad era un laberinto de callejuelas estrechas y escaleras empinadas, perfecto tanto para explorar como para escapar. Tenía que familiarizarme con el *trazado:* las calles principales de la isla, los pasadizos ocultos y las posibles vías de escape. Incluso en una isla había formas de desaparecer si alguien sabía dónde buscar.

El aire era fresco, con el aroma del mar. Por las ventanas entraba una luz cálida que proyectaba cuadros dorados sobre la calle. La mayoría de las tiendas estaban cerrando, sus propietarios bajaban las rejas metálicas y cerraban las puertas. Los pocos restaurantes que seguían abiertos atendían más a los lugareños que a los turistas, y el murmullo de las conversaciones en italiano flotaba en la noche.

Mientras caminaba, presté mucha atención a lo que me rodeaba. Tomé nota de la ubicación de los callejones sin salida en contraste con los que daban a las calles principales. Identifiqué los edificios con tejados accesibles y marqué la posición de las cámaras de seguridad. Cada detalle podía ser crucial si las cosas se complicaban.

El antiguo Fuerte de los Médicis se alzaba sobre la ciudad como un vigía intemporal. Me dirigí hacia allí, ya que la pendiente me proporcionaba una posición privilegiada desde la que estudiar la zona. Desde los baluartes, pude ver el trazado *de Portoferraio*: la maraña de calles, los tejados apiñados y el puerto con sus barcas meciéndose suavemente.

No había notado ningún acosador desde el día con Francesca, pero no podía permitirme ser complaciente. De pie, *escudriñé* visualmente la zona en busca de algo fuera de lo común: coches aparcados que no correspondían, siluetas que permanecían demasiado tiempo en un mismo lugar, sombras que se movían a contracorriente. Esta noche, todo parecía tranquilo.

Al bajar del fuerte, tomé una ruta diferente de vuelta, pasando por zonas residenciales. Aquí las calles eran más estrechas, estaban menos iluminadas y las sombras eran más profundas. Perfectas para desaparecer en caso necesario. Memoricé los giros clave y los puntos de referencia: una pared marcada con grafitis, una farola a la que le faltaba una bombilla y una puerta adornada con buganvillas.

Cuando llegué a las afueras de la ciudad, seguí una carretera que llevaba hacia el interior. El terreno se volvió rápidamente montañoso, donde el asfalto dio paso a la grava y luego a pistas de tierra. Los olivares y los viñedos se extendían bajo la luz de la luna y el aroma del romero silvestre llenaba el aire.

Pasé la siguiente hora recorriendo estos caminos secundarios, observando cómo se enlazaban y adónde conducían. Algunos volvían a Portoferraio, otros serpenteaban por las colinas o se dirigían a calas solitarias. Si necesitaba una salida rápida, ahora tenía otras opciones.

Satisfecho con mi reconocimiento, regresé a las afueras de la ciudad y continué por el paseo marítimo. Aquella tarde el mar estaba en calma, las suaves olas susurraban contra los cascos de los barcos anclados.

De vuelta al hotel, entré por una puerta lateral para evitar las brillantes luces del vestíbulo y las miradas indiscretas. Subí las escaleras sin hacer ruido, llegué a mi planta y recorrí el pasillo en busca de sonidos extraños. Todo estaba en silencio, salvo el zumbido lejano de un televisor detrás de una puerta cerrada.

Dentro de mi habitación, me encerré y puse una silla bajo el pomo de la puerta por si acaso. Es difícil cambiar los viejos hábitos. Desplegué un mapa de la isla y lo extendí sobre el pequeño escritorio, marcando las rutas que había explorado y los posibles puntos de interés.

Preparé una alarma sencilla: un cristal en equilibrio sobre el pomo de la puerta, listo para hacerse añicos si se le molestaba. No era de alta tecnología, pero sí lo bastante eficaz.

Tumbado en la cama, dejé vagar mis pensamientos. Con Mariangela, no sentía la necesidad de tomar precauciones. Pero ahora, la realidad de mi situación me apremiaba. El encuentro de mañana con Francesca me adentraría sin duda en el laberinto y tenía que estar preparado.

El sonido lejano del mar se mezclaba con el susurro de las hojas al otro lado de mi ventana. Cerré los ojos, dejando que la quietud de la noche me envolviera. Dormir no sería fácil, pero el descanso era necesario.

Mientras me dormía, un pensamiento persistía: Mateo y Mariangela.

***

5

Comienza el juego
Isola d'Elba, Italia

A las once en punto, me encuentro de nuevo en la *Caffetteria Panelba*, con el aroma de *los cornetti* recién horneados mezclado con el rico olor del *espresso*. Francesca ya estaba allí, sentada en una mesa de la esquina, con la atención fija en un libro familiar: mi libro, el *Gambito del Peón*.

"¿Te están gustando los giros de la trama?" Pregunté, deslizándome en el asiento frente a él.

Levantó la vista con una sonrisa socarrona. "Es muy interesante. Aunque el autor es un poco engreído."

Me reí. "He oído eso de él. No puedo decir que esté en desacuerdo."

Cerró el libro y lo dejó sobre la mesa.

"Justo a tiempo y con mucho humor. ¿Listo para sumergirte en nuestro próximo capítulo?"

"Sólo si tiene un final mejor que el de mi último libro," respondo mirando a mi alrededor. Unos cuantos lugareños charlaban animadamente, y sus gestos formaban parte de la conversación tanto como sus palabras.

Francesca se inclinó ligeramente. "Nuestro objetivo es el juez Paolo Benetti."

"¿Paolo Benetti? ¿Como el viejo futbolista?" Alcé una ceja.

"Mismo nombre, distinta persona," aclaró. "¿Te gusta el fútbol italiano?"

"La verdad es que no. Pero curiosamente, conocí a Benetti en una fiesta en Cerdeña hace años."

"El mundo es un pañuelo," dijo.

"Más bien un laberinto estrecho," repliqué. "¿Y cuál es nuestro juego?"

Señaló hacia la playa, "caminemos. Es más fácil hablar sin paredes que escuchen."

Caminamos a lo largo de la costa de Portoferrario con el mar a nuestro lado y sus olas susurrando secretos que sólo el viento podía entender.

"Voy a montar un pequeño accidente con mi Vespa cuando venga el juez," empezó. "Un pequeño accidente, lo justo para llamar su atención."

"Arriesgado. ¿Y si no se detiene?"

Sonrió. "Se detendrá. Por lo que hemos averiguado, es del tipo caballeroso, especialmente vulnerable después de su divorcio."

"¿Y qué?"

"Mencionaré que iba a reunirme con un escritor –es decir, usted– que necesita mis conocimientos jurídicos para un libro sobre la Mafia."

Enarqué una ceja. "¿Mencionar a la mafia de buenas a primeras?"

"Despertará su interés. Además, es plausible. Os alojáis en el mismo hotel, después de todo."

"Conveniente coincidencia," dije secamente.

Me miró. "Se va a ofrecer a llevarme de vuelta al hotel. Ahí es donde se planta la semilla."

"¿Y más tarde, nos reuniremos con él en el bar del hotel?"

"Precisamente. Te presentaré y seguiremos a partir de ahí."

Suspiré. "Manipular a un juez para... ¿qué, exactamente?"

Dejó de caminar y se volvió hacia mí, con la brisa marina agitándole el pelo. "Voy a involucrarme sentimentalmente con Benetti."

Parpadeé. "¿Planeas seducirle?"

"Sí. Está sólo, recién divorciado, y yo me parezco mucho a su ex mujer," dijo ella, con un atisbo de sonrisa en los labios.

Me tomé un momento para estudiar su rostro: los pómulos altos, los ojos oscuros, así como el pelo que enmarcaba sus facciones. "Eso es... bastante casual."

"¿Verdad que sí?" Respondió, reanudando nuestro paseo. "Una vez que hayamos establecido una relación, si los cargos penales siguen adelante, me nombrarán abogada de los inversores del AC Milan."

"Y luego le pides a Benetti que se excuse por un conflicto de intereses," concluí, con las piezas encajando en su sitio.

"Exactamente. Tendrá que apartarse y el caso será reasignado a otro juez, alguien más... comprensivo con nuestra causa."

Dejé escapar un silbido bajo. "Es un plan bastante elaborado."

Me miró de reojo. "¿Lo desapruebas?"

Pateé una piedra en las olas. "No se trata de aprobación. Se siente... frío. Manipular las emociones de un hombre para influir en un caso legal."

Se encogió de hombros. "Todos tenemos nuestro papel. Este es el mío."

No pude evitar pensar en mi propia relación con Camilla. Cómo Nemesis había utilizado su parecido con Mariangela para manipularme. Caí completamente, cegado por las cuerdas de las que tiraba. El recuerdo me dejó un sabor amargo.

"¿Tienes algo en mente?" Preguntó Francesca, al notar mi silencio.

"Recordando una situación similar," admití, "estuve en el extremo receptor de este tipo de juego. No acabó bien."

Me estudió un momento. "Y sin embargo, aquí estás."

"Aquí estoy," repetí. "Pero el juez no tiene a alguien como Toscin vigilándole las espaldas," pensé.

Suavizó su tono. "Recuerda, esto es más grande que cualquiera de nosotros."

Reanudé la marcha. "Entonces, ¿cuándo empieza esta gran actuación?"

"Mañana, a última hora de la mañana," respondió. "Necesitamos el resto del día para planificar el lugar exacto del accidente."

Miró la hora en su reloj. "Mientras tanto, he reservado dos habitaciones en el Hotel Plaza de Porto Azzurro. Es uno de los pocos hoteles abiertos en noviembre y, convenientemente, es donde se alojará el juez Benetti."

"Muy conveniente," comenté. "Entonces podemos ir en mi Fiat."

Señaló con la mano un pequeño Lancia Ypsilon azul aparcado cerca. "Deja tu coche ahí. Ayuda a confundir a los que te siguen. Vamos en mi coche."

"De acuerdo," acepté. "Déjame coger mi bolsa."

Nos dirigimos hacia donde había dejado el pequeño Fiat 500. Al acercarnos, sentí un nudo en la garganta. Una de las ventanillas estaba rota y los fragmentos de cristal brillaban en el asiento.

"Maravilloso," murmuré, "justo cuando las cosas parecían mejorar."

Francesca se asomó al interior. "¿Falta algo?"

Examiné el interior. "Sí. Un Boggi Milano y todo lo demás. Alguien debe haber necesitado un cambio de vestuario."

Frunció el ceño. "Deberíamos cubrir la ventana. Lo último que necesitas son más problemas."

Encontramos una lámina de plástico flexible en su bota –útil, aunque no le pregunté por qué la tenía– y la fijamos sobre la ventana rota.

"Parece que vamos a dejar el Fiat aquí," dije, intentando disimular mi irritación.

Al subir al Lancia, saqué el móvil y envié un mensaje rápido a Toscin: "Juez Paolo Benetti. ¿Alguna información?"

Francesca arrancó el coche y nos alejamos del bordillo.

"¿Crees que ha sido al azar?" Me preguntó, señalando mi coche destrozado.

"¿En esta isla? Lo dudo," respondí. "Alguien nos está siguiendo."

"Riesgos laborales," dijo con ligereza.

"Parece un tema," murmuré.

Condujimos en silencio durante unos instantes, las sinuosas carreteras de Elba ofrecían impresionantes vistas de la costa. El mar brillaba bajo el sol del cenit, un contraste sorprendente con las corrientes de tensión que sentía.

"Al menos el paisaje es bonito," comenté, tratando de aligerar el ambiente.

Llegamos al Hotel Plaza, cuya fachada combinaba la arquitectura clásica italiana con toques modernos. Francesca se había ocupado de todos los detalles.

"Dos habitaciones, como pidió," dijo la recepcionista con una sonrisa cortés.

"Gracias," respondió Francesca y cogió las llaves.

Mientras nos dirigíamos al ascensor, no pude evitar la sensación de que me observaban.

"¿Nos vemos en una hora para ver el lugar?" Ella sugirió.

"Eso suena bien," acepté. "Me da tiempo para llorar mi vestuario perdido."

En mi habitación, evalué lo poco que me quedaba. Sin la maleta, me quedaba el móvil, la cartera y la ropa que llevaba puesta. No es lo ideal para alguien que está a punto de involucrarse en una manipulación de alto riesgo.

Mi móvil vibró con un mensaje de Toscin: "Juez Benetti. Respetado pero vulnerable tras el divorcio. Sea prudente."

***

Una hora más tarde, encontré a Francesca en el vestíbulo. Se había puesto un atuendo informal adecuado para una misión de reconocimiento.

"¿Listo?" Me preguntó.

"Tanto como sea posible," respondí.

Pasamos la tarde recorriendo la ruta por donde probablemente pasaría el juez. El lugar elegido fue un tramo tranquilo cerca del hotel: una ligera curva en la carretera bordeada de olivos.

"Esta curva te obligará a reducir la velocidad," señaló. "Perfecto para un accidente."

"Suponiendo que no esté distraído," dije.

"No lo estará," le aseguró. "Su rutina es bastante predecible."

"Esperemos que sí."

Mientras caminábamos de vuelta al hotel, no pude evitar expresar mis preocupaciones. "¿Nunca piensas que nos estamos metiendo en algo más grande que nosotros mismos?"

Me miró con curiosidad. "¿Te lo estás pensando mejor?"

"Sólo estoy considerando todas las variables," respondí. "Alguien ya se está metiendo con nosotros. Mi coche, por ejemplo."

Se encogió de hombros. "Puede que no esté relacionado."

"¿En esta isla? Lo dudo."

Suspiró, "mira, Leilac, si quieres irte, dilo. Pero recuerda lo que está en juego."

Me froté la nuca. "No, me apunto. Sólo... cauteloso."

"Bien. La precaución nos mantiene vivos."

***

Cuando llegamos al hotel, Francesca me miró. "Vamos a comprarte ropa nueva," sugirió. "No puedes parecer un náufrago."

Sonreí. "Agradezco tu preocupación."

Nos dirigimos a Calata Italia en Portoferrario, la calle principal repleta de pintorescas *boutiques* y cafés. Milagrosamente, una tienda llamada *Only Griffes* estaba abierta, un pequeño milagro en noviembre. *La boutique* era un paraíso de estilo italiano, repleta de piezas que destilaban elegancia.

Dentro, rebusco en las estanterías de camisas y pantalones mientras Francesca ofrece sus opiniones no solicitadas pero no inoportunas.

"Pruébate esto," me dijo, entregándome una camisa blanca impecable. "Resalta el color de tus ojos."

Enarqué una ceja. "¿Cumplidos y consejos de moda? Eres una mujer con muchos talentos."

Se rió ligeramente. "No te acostumbres."

Me dirigí al probador, un pequeño espacio con una pesada cortina. Mientras me abrochaba la camisa, la cortina se abrió ligeramente. Francesca entró con otra prenda en la mano.

"Pruébate ésta," me dijo, ofreciéndome una camisa de lino verde. "Te quedará bien."

Sus ojos recorrieron mi torso desnudo, deteniéndose un instante más de lo necesario. Me pasó un dedo por el centro del pecho, con una sonrisa burlona en los labios. "Estás en excelente forma, sobre todo para alguien de 48 años."

"Perseguir problemas me mantiene en forma."

Salió tan rápido como había entrado, cerrando la cortina tras de sí. "Date prisa. No tenemos todo el día," llamó desde el otro lado.

Sacudiendo la cabeza, me probé la camisa verde. No se equivocaba: era perfecta. Cuando salí del probador, la encontré esperando junto al mostrador, examinando un pañuelo de seda.

"Cuídate," dijo sin levantar la vista.

"Tu impecable elección ha salvado el día," dijo mientras cogía las camisas, los pantalones y una chaqueta informal.

Cuando me acercaba a la caja para pagar, mi teléfono móvil vibró en mi bolsillo. Era otro mensaje de Toscin: "Información adicional: Benetti, juez monocrático en Legnano y Rho (provincia de Milán). Se ocupaba de casos de derecho penal."

"Registrado," respondí. "Además, alguien entró en mi coche y me robó el equipaje."

Su respuesta fue inmediata: "No es casualidad. Mantente alerta."

"Gracias por el consejo alentador," murmuré para mis adentros.

Llegó otro mensaje: "Estoy investigando el pasado de Francesca. Hay algo que no cuadra. Parece afiliada a la Cosa Nostra como abogada, pero hay un vacío en su historia después de la universidad. Parece un fantasma durante esos extraños años. Cuidado con ella."

Miré a Francesca, que ahora charlaba amistosamente con el dueño de la tienda en un rápido italiano. ¿Un fantasma en su propio pasado? Era una complicación que no necesitaba.

"¿Va todo bien?" Preguntó al notar mi expresión.

"Bueno," mentí y volví a guardarme el móvil en el bolsillo. "Sólo un mensaje de un viejo amigo."

"Realmente debe ser un amigo para hacerte ver así."

Entregué mi tarjeta de crédito a la cajera. "Siempre metiéndote donde no te llaman."

Me miró con curiosidad, pero no insistió.

Al salir de la *boutique*, decidimos almorzar tarde en una *trattoria* cercana. Entre platos de *spaghetti alle vongole* y copas de Vermentino fresco, repasamos el plan con más detalle.

"Entonces, mañana," comenzó, mientras hacía rodar la *pasta* en su tenedor, "estaré en el lugar designado a las once y media. Es cuando es más probable que pase."

Asentí. "Y yo estaré en el salón del hotel, inmerso en mi supuesta escritura."

"Precisamente. En cuanto me traiga de vuelta, orquestaremos vuestro encuentro casual."

"Suponiendo que todo vaya según lo previsto."

Me miró por encima del borde de su copa de vino. "Ve a correr. Ten un poco de fe."

"La fe no es mi fuerte," admití.

Sonrió. "Me he dado cuenta."

Mientras pagábamos la cuenta, se inclinó hacia nosotros. "Después de cenar esta noche, repasemos todo por última vez."

"Estoy impaciente," dije, intentando parecer entusiasmado.

De vuelta al hotel, cada uno se asea por su lado. En mi habitación, colgué mi ropa nueva y miré el móvil. No había mensajes de Toscin, lo que me aliviba y me preocupaba a la vez.

"¿Quién eres, Francesca?" Murmuré.

***

Me desperté con el suave zumbido del mar en el exterior, la suave luz que se filtraba a través de las cortinas proyectando sombras por la habitación. Me estiré y la rigidez de mis músculos me recordó que ya no era tan joven como antes. Tres minutos de *plancha* era justo lo que necesitaba, no sólo para mantenerme en forma, sino para despejar la mente.

Mientras sostenía el *plank*, mi mente vagaba por el juez Benetti, la mafia, Mariangela. Siempre Mariangela. Monterosso al Mare había sido perfecto, casi demasiado perfecto, como salido de un sueño. Pero ahora todo parecía diferente y no podía evitar preguntarme si Mateo tenía algo que ver con ello. Mateo, la serpiente. El tipo había mentido sobre estar casado—o sobre estar a punto de casarse—con una española solo para conseguir que Mariangela quedara con él en aquel romántico restaurante de Barcelona, *Can Travi Nou*. Jugada clásica. "Oh, voy a casarme con otra... a menos que quieras impedírmelo." Chantaje emocional acompañado de bofetadas.

Cambié de posición y empecé a hacer flexiones. "Mateo es un caso serio," murmuré entre repetición y repetición, el peso de mi frustración añadiendo resistencia extra. "Mejor que no se meta en la vida de Mariangela o...." Mis pensamientos fueron interrumpidos. Una flexión. Dos. "O quizá necesite un recordatorio para mantenerse alejado." Sonreí, sintiendo que me ardían los brazos.

Después de unas docenas de abdominales –porque, seamos sinceros, sólo se empieza a contar cuando duele– me dije, "quizá Mateo necesite realmente una lección. Algo sútil. Nada violento... por ahora."

Me levanté y me dirigí a la ducha. Cuando el agua golpeó mi piel, sentí que la tensión se relajaba un poco. Al abrocharme la nueva camisa de lino verde frente al espejo, tuve que admitir que me quedaba bien. Francesca tenía buen ojo para estas cosas.

Salí al pequeño balcón, la brisa marina refrescó mi pelo húmedo. Abajo, Francesca terminaba su carrera matutina por la Via Veneto, de regreso de Porto Azzurro. Su ropa deportiva negra se ceñía a su figura, perfilando cada curva y cada línea. Se movía como alguien que sabe exactamente cuánto poder tiene sobre la gente. El juez Benetti no tendría ninguna oportunidad.

Desayunamos juntos en la cafetería del hotel, repasando el plan por enésima vez. Francesca estaba concentrada en su trabajo, con su habitual agudeza atenuada por un toque de impaciencia.

"El timing lo es todo," me recordó, removiendo su *cappuccino* con precisión metodológica. "Estaré en la Vespa, a la vuelta de *La Caletta*. El tiempo suficiente para llamar su atención."

"Y yo estaré entre los arbustos asegurándome de que nada salga mal," añadí, dando un sorbo a mi café *expreso*.

Ella sonrió. "Exactamente."

"Menudo espectáculo," repliqué, con la voz impregnada de sarcasmo. "No todos los días puedo ver una actuación perfectamente escenificada de una damisela en apuros."

Francesca enarcó una ceja, pero no hizo ningún comentario, su mente ya estaba concentrada en la tarea que tenía entre manos.

A las once en punto estábamos en posición. Francesca se sentó en su Vespa en el lugar acordado, a la vuelta de la curva de *La Caletta*, un pequeño y discreto restaurante de la Strada Provinciale 26. Yo me agazapé entre los arbustos de la ladera, sintiendo la tierra húmeda bajo mis manos. Era el punto de observación perfecto. Podía verlo todo sin ser visto.

El plan era sencillo: Francesca programaría su caída en cuanto el juez Benetti doblara la esquina. Él se detendría, se haría el héroe, le ofrecería llevarla y las ruedas de nuestro plan empezarían a girar. ¿Qué podría salir mal?

Los planes tienen su gracia. Sobre el papel parecen perfectos, pero la realidad se ríe en tu cara.

***

A las 11.40, la frustración estaba marcando líneas más profundas en mi ya cansado rostro. Había visto a Francesca encogerse de hombros confundida demasiadas veces, la calle ocupada con todos los coches menos el que esperábamos.

Cuando por fin un coche giró hacia la calle, me refugié entre el follaje, con las hojas haciéndome cosquillas en el cuello mientras intentaba distinguir la matrícula. No era el Audi A6 negro que esperábamos, sino un VW Polo gris. Le hice una seña a Francesca con un leve movimiento de cabeza. Todavía no. Pero entonces otro zumbido del motor se elevó por encima de la brisa marina y allí estaba: GJ938KD, brillando bajo el sol alto, lo suficientemente cerca como para reflejar mi sonrisa ansiosa.

Francesca se colocó rápidamente en el suelo, con su Vespa hábilmente inclinada a su lado, justo después de que el polaco hubiera pasado. Ahora todo dependía del juez.

Se acercó, aminoró la marcha y su expresión de preocupación se hizo visible a través de las ventanillas oscuras del Audi. Empezó a detenerse y, de forma inexplicable, su expresión se cerró y aceleró, dejando tras de sí una nube de confusión y gases de escape.

Salté de mi escondite y las hojas y ramas crujieron bajo mis pies.

"El maldito juez no se detuvo," refunfuñé mientras alcanzaba a Francesca, que ya se estaba limpiando el polvo escenificado de la ropa.

No tenía sentido. Según el artículo 593 del Código Civil italiano: "quien encuentre a otra persona en peligro inminente de lesión grave o muerte está obligado a prestarle auxilio inmediato, aunque ello entrañe algún riesgo para sí mismo." No era una sugerencia: era una obligación legal, vinculante para todos, independientemente de su relación con la víctima. Un juez, más que nadie, debería saberlo. Sin embargo, optó por ignorarlo, como un culpable que huye de un delito.

"Ayúdame a levantar la Vespa, yo arreglaré esto," dijo, con la voz llena de ira.

Se montó en su *scooter* y se marchó a toda velocidad, dejándome que la siguiera a pie, lo que me llevó tres minutos de perder el aliento.

Cuando llegué al hotel, la escena que tenía ante mí era casi pintoresca. Francesca, con Vespa y todo, era el centro de atención. El juez y dos miembros del personal del hotel estaban allí, cuidando tanto de la *scooter* como de ella. Se inclina hacia el juez, fingiendo estar coja, la imagen perfecta de una damisela en apuros.

Me acerqué con cautela, interpretando mi papel. "¿Estás bien?"

"Paolo, éste es Leilac. Es escritor de ficción y está trabajando en un *thriller* financiero y legal en el que está implicada la mafia," me presenta Francesca en voz baja.

"*Buongiorno*, encantado de conocerte, Paolo. Francesca ha sido indispensable para el libro," añadí, dirigiendo a Vespa una mirada cómplice. "¿Qué ha pasado, te has caído?"

El juez, aún procesando, respondió, "vi a una mujer en el suelo con su Vespa tumbada. Al principio quise ayudarla, pero pensé que podía ser una trampa, ya que hoy en día es habitual simular accidentes. Así que vine corriendo a pedir ayuda, por si acaso."

Hizo una pausa y miró a Francesca. Su expresión, magistralmente compuesta, no revelaba ofensa alguna ante la insinuación de que pudiera ser cebo de salteadores de caminos. Aproveché la oportunidad, asintiendo como si la lógica del juez fuera infalible, pero luego añadí con una sutil sonrisa, "pero al cabo de un rato, llegó la valiente Francesca."

Era la apertura que necesitaba. "Las italianas," comenté con aire de falsa solemnidad, "siempre valientes."

El juez pareció relajarse un poco. Su risa era nerviosa y, sin embargo, sincera, como si esperara que le aseguraran que su decisión no había sido totalmente cobarde.

"Sí, ya lo creo. Valiente... vino volando por la carretera como una fuerza de la naturaleza, furiosa porque no me había detenido. Se parece tanto a mi ex-esposa que yo... bueno, estaba asombrado, francamente."

Francesca no dejó pasar el momento. Intervino, con un tono agudo pero juguetón. "Pasó de largo sin ayudarme. Estaba furiosa."

El juez volvió a reír, pero esta vez el sonido fue más suave, casi avergonzado. Su anterior reserva se estaba disolviendo, tal vez por lo absurdo de la situación o por el recuerdo que Francesca parecía evocar.

"Al principio no sabía qué pensar. La vi allí tendida y mi mente... bueno, tardé un rato en darme cuenta," dijo el juez.

No pude evitar sentir una extraña satisfacción por lo bien que Francesca había interpretado su papel. Y, sin embargo, había un pensamiento persistente en el fondo de mi mente. La mención del juez a su ex mujer –su vulnerabilidad– parecía demasiado buena para ser cierta.

Dejando a un lado ese pensamiento, aproveché la oportunidad que se me presentaba. "¿Te vas a quedar en el hotel, Paolo?"

"Acabo de llegar. A punto de registrarme," respondió, en tono firme pero neutro.

"Permíteme que te invite a cenar esta noche," sugerí suavemente. "Es lo menos que puedo hacer después de todo este alboroto. A Francesca le vendría bien una buena comida después de la... agitación de hoy." La miré y sus ojos brillaron con picardía.

El juez vaciló. Pude ver cómo le daba vueltas la cabeza. No tenía motivos para negarse, pero algo le retenía.

"No, de verdad, no es necesario. De hecho, no ayudé."

Francesca, rápida como siempre, intervino, con voz cálida pero lo bastante insistente.

"Por favor, insisto. Y además, Leilac puede compartir alguna información sobre su nuevo libro. Creo que lo encontrarás bastante... emocionante."

Hubo una larga pausa, un momento en el que parecía que el juez aún podría negarse, pero sus ojos se desviaron de nuevo hacia Francesca. Ella lo miró con una confianza tranquila y controlada que pareció desestabilizarlo lo suficiente. Su determinación vaciló.

"Será un placer," dijo finalmente.

"*Ristorante Sapereta*," sugerí, manteniendo mi voz informal.

Sonrió, con una expresión entre divertida y cautelosa. "Sí, lo conozco. Está a la vuelta de la esquina, justo antes de donde Francesca tuvo su pequeño... percance."

"19:30?" Pregunté, como si ya lo hubiera decidido.

"Perfecto," aceptó.

"*Arrivederci*," dije.

"*A Dio*," dijo Francesca, con los ojos brillantes de triunfo.

"*Arrivederci,*" dijo el juez, volviéndose para marcharse.

Nos separamos y solté un suspiro que no sabía que estaba conteniendo. Francesca me lanzó una mirada en parte triunfal y en parte de advertencia. La parte difícil había terminado, pero la verdadera prueba estaba por llegar. Mientras veía al juez desaparecer en el hotel, no podía evitar la sensación de que la cena de esta noche iba a ser algo más que una simple comida. Esto era ahora un juego de estrategia y cada movimiento tenía que ser perfecto.

Fuera lo que fuese lo que me esperaba, de una cosa estaba seguro: la verdadera actuación estaba a punto de comenzar.

***

A las siete y media de la tarde, Francesca y yo entramos puntualmente *en el Ristorante Sapereta*. Me fijé en el Audi del árbitro aparcado fuera, un brillante recordatorio del calculado partido en el que estábamos a punto de entrar. El restaurante, situado entre los pintorescos viñedos y olivos de Porto Azzurro, nos invitó a su abrazo histórico. Lo que antaño fue una bodega, ahora nos ofrecía un refugio del mundo, con sus paredes de piedra y vigas de madera bañadas por el suave resplandor de la luz de las velas.

El aroma del romero y el ajo llenó el aire cuando atravesamos el arco y nuestros pasos resonaron suavemente sobre las antiguas piedras. La atmósfera del lugar, una mezcla magistral de encanto rústico y gusto refinado, nos invitaba a retroceder en el tiempo, a un mundo donde el ritmo era más lento y cada comida un festín.

Francesca parecía tranquila, con los ojos escrutando su entorno.

Al acercarnos a la mesa, el juez se levantó, con una postura que era una mezcla de cortesía y moderación.

"Francesca, Leilac," saludó, su voz suave pero con la cautela de un hombre demasiado acostumbrado a la sala del tribunal.

Le tendí la mano. *"Buonasera, Paolo."*

La sonrisa de Francesca suavizó la formalidad. "Será una velada agradable, si la comida está a la altura de su reputación."

El juez asintió, señalando el *menú*. "He oído que el *chef* de aquí es un mago cocinando ingredientes locales."

La conversación pasó a la comida. Francesca eligió *lombo di cinghialetto*, el juez *guancia di vitelo* y yo opté por *risotto carnaroli, cada plato* un homenaje a la abundancia de la isla.

"¿Es usted siciliano?" Preguntó el juez.

Con una sonrisa, respondió, "Sí, lo soy. De Siracusa. ¿Cómo lo sabes?"

"La forma en que pronuncias la *e* es característica de Sicilia: aquí la pronunciamos más abierta, mientras que allí es más cerrada, como haces tú. Lo mismo pasa con la *r*, que los sicilianos pronuncian con un arrastre más marcado. Y ese *a Dio* con el que te despediste en el hotel, es inconfundiblemente siciliano," respondió el juez, dándole una entonación siciliana a *a Dio*.

Todos se rieron. El juez estaba atento a los detalles.

Cuando llegó la hora del vino, el juez tomó la iniciativa.

"Vamos a honrar la herencia de Francesca con un Farro 2002 de Casematte, una excelente mezcla de Sicilia," dijo.

Levanté mi copa, apreciando su elección.

"Un homenaje perfecto." Dije, aunque mis palabras parecían escasas.

Mientras el vino corría, la mirada del juez se detuvo en Francesca.

"Me recuerdas tanto a alguien... a mi ex mujer, Laura," confesó, con la voz teñida de profunda emoción.

Francesca le tocó ligeramente la mano, un calculado gesto de empatía. "Quizá todas las cosas bellas nos recuerdan amores pasados," reflexionó. "Leilac, leí en tu anterior libro que el protagonista tiene un lugar favorito cerca de aquí. El hotel Il Pellicano. Por la descripción del libro, debe de ser maravilloso. Estaba pensando en comer allí mañana antes de irme a Sicilia," añadió.

"Efectivamente, el hotel y el restaurante son maravillosos. Pero mañana es difícil, una oferta tentadora, pero por desgracia, mi libro me obliga a estar pegado a mi escritorio," respondí estratégicamente.

El juez, prontamente y un poco emocionado, propuso. "Francesca, no puedes irte sin conocer Il Pellicano. Permíteme llevarte allí mañana. Has sido tan amable con esta cena, déjame ofrecerte el almuerzo mañana."

Nos despedimos después de cenar, con el aire fresco de la noche y el calor residual del vino. De vuelta en la habitación del hotel, Francesca esbozó nuestros próximos pasos, con su voz susurrante contra el murmullo del mar de fondo.

"¿Qué pasa con el amor, Leilac?" Preguntó bruscamente, sus ojos sondeando los míos. "¿Alguna vez se te endereza?"

Me reí, con un sonido amargo. "El amor, como la escritura, es un laberinto. A veces hermoso, a menudo desconcertante y siempre un camino que tienes que recorrer solo."

Asintió con la cabeza, y un atisbo de sonrisa cruzó su rostro mientras se marchaba, dejándome pensando por qué me había hecho esa pregunta.

***

6

Emboscada
Monte Argentario, Italia

A las 14:00, crucé Grosseto, a una hora aún del punto de encuentro. Eso me daba tiempo. Demasiado tiempo, para ser sincero. Golpeé el volante con los dedos y miré el móvil como si tuviera las respuestas. Entonces me decidí y llamé a Mariangela.

Contestó inmediatamente, pero algo me resultaba extraño. Su voz, normalmente cálida, tenía un frío desapego.

"Hola," le dije, tratando de mantener un tono ligero. "¿Qué tal si nos escapamos unos días? Quizá a París. Ya sabes lo bonito que es en esta época del año. A principios de diciembre, perfecto."

Su respuesta fue un seco "no" y entonces lo supe. Definitivamente, algo iba mal.

"Pero necesito hablar contigo," añadió, y juro que pude sentir el peso de sus palabras presionando a través del teléfono. "¿Podemos vernos en Milán?"

Fruncí el ceño y agarré con más fuerza el volante.

"Por supuesto. ¿Qué pasa, entonces? Pareces... diferente."

Hubo una pausa y la oí dudar, apartándose. Eso solo me puso más ansioso.

"Prefiero hablarlo en persona," dijo, con voz ahora más suave, como si estuviera preparándome para el impacto.

No iba a dejarlo pasar. "¿Esto es por Mateo?"

Otro largo silencio. Era todo lo que necesitaba. Sentí que se me aceleraba el pulso y la tensión se me enroscaba en el pecho.

"¿Es este bastardo el problema? ¿Qué ha hecho ahora? Dímelo."

Entonces ella dijo, tan fácilmente que me dejó sin aliento. "Voy a casarme con él."

Pisé el freno y el coche se detuvo bruscamente a un lado de la carretera. No era posible. Me quedé sentado, atónito, mirando el parabrisas polvoriento como si eso pudiera explicarlo todo.

"¿Cuándo ocurrió *esto*?" Pregunté finalmente, tratando de mantener cierta apariencia de cordura.

"Es lo mejor para todos," respondió, como si fuera así de sencillo.

No pude contenerme, "¿mejor para todos? Eso es pura mierda. No es lo mejor para mí, y estoy seguro de que no es lo mejor para ti."

Pero la línea se cortó. Había colgado.

Intenté devolver la llamada, pero me saltaba el buzón de voz. Así que envié un mensaje. Un simple: "¿Qué demonios está pasando?"

Lee. Sin respuesta.

Envié otro: "Tenemos que hablar."

Lee. Nada.

Lo intenté de nuevo; y otra vez; y otra vez. Entonces incluso dejó de leer los mensajes. Me sentí como si me hubieran dado un puñetazo y ni siquiera lo hubiera visto venir.

Noqueado.

Pero aún tenía trabajo que hacer. Tenía que estar en *Il Telegrafo*, en Monte Argentario, en un lugar que había marcado en *Google Maps*. Francesca tenía al juez, Paolo, en su punto de mira, e iban a parar allí para dar un paseo romántico. Yo iba a hacer las fotos, a pillarles in fraganti.

Mi mente iba a mil por hora, mi corazón entre la rabia y el asco. Pero pisé el acelerador, agarré el volante como si de algún modo pudiera resolverlo todo, y me puse en marcha, conduciendo como un poseso.

Alta velocidad. Furioso.

***

Llegué al lugar cerca de *Il Telegrafo* y aparqué el Lancia de Francesca justo en medio de los árboles, donde las ramas parecían cerrarse, creando un escondite perfecto. Cogí la Canon EOS 1D X Mark III con el teleobjetivo, una auténtica bestia de cámara. La pata del monopié se hundió en la tierra blanda mientras lo colocaba y ajustaba el objetivo para conseguir el encuadre perfecto.

El tiempo corría a mi favor. Francesca y el juez no aparecerían pronto, así que aproveché el momento para escanear la zona, golpeando ligeramente el botón del obturador con el dedo, capturando la ocasional fauna que entraba en el encuadre. Pero entonces algo llamó mi atención: un movimiento sutil pero deliberado. Enfoqué a través del objetivo y allí estaba: un hombre, camuflado, tumbado en el suelo, observando el mismo lugar que yo tenía en el punto de mira. Sólo que no estaba usando una cámara. Tenía un rifle de francotirador Barrett M82, con su largo cañón extendido como un depredador a la espera de atacar.

"¿Qué demonios?" Murmuré.

Seguí escrutando, mi ritmo cardíaco aumentaba a medida que movía la lente hacia otro ángulo. Otro francotirador, éste situado detrás de unas rocas, con el rifle apuntando. Luego otro. Cuatro francotiradores, todos esperando, rodeando el lugar donde se suponía que Francesca y Paolo iban a tener su pequeña cita. Esto no era sólo vigilancia. Era una emboscada.

Moví mi objetivo hacia la carretera, y allí estaban: dos Audi SQ7 negros, uno apenas visible entre los árboles. Era una trampa. Un Audi bloquearía la carretera, mientras que el otro seguiría al coche del juez. La Cosa Nostra no sólo vigilaba: estaba dispuesta a matar.

"¿Y Francesca? ¿Estaría involucrada en esto, o sería un objetivo también?" Pregunté en voz alta.

Mi mente iba a toda velocidad. No tenía tiempo para averiguarlo. Sin pensármelo dos veces, dejé atrás la cámara –veinte mil euros de equipo abandonados como la basura de ayer– y corrí hacia el Lancia. El pulso me retumbaba en los oídos cuando arranqué el motor y las ruedas levantaron gravilla a medida que avanzaba por la carretera. Francesca y el juez llegarían en cualquier momento y, si no los detenía, estarían muertos.

La carretera se estrechaba a medida que aceleraba, el motor del Lancia gemía cuando lo empujaba con más fuerza, serpenteando hacia ellos. Mis ojos miraron el mapa del GPS: sólo había una dirección por la que podían venir. Giré bruscamente a la derecha por la Strada S. Mario, la vegetación a ambos lados era densa y estaba cubierta de maleza, la carretera no era lo bastante ancha para un coche. Tres minutos después, vi el Audi A6 negro, avanzando lentamente, como si estuvieran disfrutando de un paseo dominical.

Pisé el acelerador, el Lancia avanzó y entonces frené en seco, los neumáticos chirriaron sobre el pavimento, levantando una nube de polvo y goma quemada. El Audi se detuvo y yo salté, con el corazón palpitante, sin ningún plan.

Francesca salió del lado del pasajero, con los ojos muy abiertos.

"¿Qué demonios estás haciendo, estás loco?"

El juez le siguió, con la mano junto a la pierna, sosteniendo una pequeña pistola. Bien, estaba preparado para una confrontación.

Tenía que detenerlos, rápido. ¿Qué demonios podía decir? No podía soltarles, "oigan, estoy con la mafia y están a punto de dispararles."

Así que me lo jugué todo. "Sí, estoy loco. Loco por ti," dije, agarrando a Francesca y tirando de ella para besarla. Fue desesperado, intenso y duró lo suficiente para darme unos segundos preciosos para pensar.

Francesca dio un paso atrás, con los ojos llenos de confusión. La mano del juez se tensó sobre la pistola, pero yo mantuve la calma.

"Lo siento, Paolo," le dije, volviéndome hacia él con toda la falsa sinceridad que pude reunir, "pero estoy enamorado de Francesca, y cuando os vi juntos, no pude soportarlo."

Los ojos de Paolo se entrecerraron, "¿cómo sabías que estaríamos aquí, en medio de la nada?"

"Ayer Francesca mencionó que quería ver la vista desde *Il Telegrafo*," dije rápidamente. "Fui primero a Il Pellicano, pero no estabas allí, así que supuse que vendrías aquí."

El juez miró a Francesca, que me miraba como si hubiera perdido la cabeza... bueno, más de lo normal.

"Lo siento, Paolo," dijo acercándose a mí, con el rostro tenso. "Necesito hablar con Leilac. Creo que está confundiendo la trama de su libro con la realidad." Me lanzó una mirada que decía, "¿qué demonios estás haciendo?"

Paolo, aún desconfiado, abrió la puerta del coche y rebuscó en la guantera. Eso me dio tiempo suficiente para deslizar un sobre en la mano de Francesca. Me incliné hacia ella y le susurré, "dale esto. Discúlpate y vámonos de aquí."

El juez volvió a salir del coche, esta vez sin pistola, sólo con el bolso Birkin de Francesca en la mano. Francesca se acercó, cogió el bolso y le entregó el sobre.

"Paolo, siento todo este lío," dijo con voz suave. "Pero necesito ocuparme yo misma de las cosas." Me miró, luego volvió a mirar a Paolo, y añadió, "por favor, toma esto. No me olvides."

Dudó, pero cogió el sobre y lo abrió lo justo para ver lo que contenía. Una sonrisa se dibuja en su rostro y Francesca se acerca para darle un rápido abrazo. Hice unas cuantas fotos discretas con el móvil, captando su abrazo.

"¿Vas a estar bien?" Preguntó el juez a Francesca, mientras me miraba por encima del hombro.

"Sí, no te preocupes," respondió Francesca, con la mano en el brazo de él.

El juez volvió a subir a su coche, hizo un giro brusco en U y condujo por la estrecha carretera.

En el instante en que su coche desapareció, oí el inconfundible zumbido de las hélices de un helicóptero cortando el aire. Cerca. Demasiado cerca. Un helipuerto cercano, sin duda.

"Entra en el coche, Francesca," dije, con voz tensa.

Ella no discutió. Los dos nos subimos al Lancia.

Apenas había puesto el Lancia en marcha cuando Francesca cerró la puerta de un portazo. Su rostro estaba pálido, un sorprendente contraste con la máscara de composite que había llevado momentos antes. Pisé el acelerador, el motor gimió cuando salimos disparados por la estrecha carretera, los arbustos cubiertos de maleza rozando los laterales del coche como dedos desesperados.

"¿Qué está pasando?" Jadeó Francesca, aferrándose al salpicadero del coche mientras doblábamos otra curva cerrada. "Leilac, ¿qué has visto?"

"Había francotiradores," dije, sin perder de vista el retrovisor. Ahora se veían los Audi SQ7, que se acercaban a una velocidad inquietante. "Al menos cuatro. Tenían la carretera cubierta; estaban preparando una emboscada, creo. Para ti o para el juez, no sabría decirte."

Su cara se quedó sin color, "¿francotiradores? ¿Estás seguro?"

"Tan seguro como que la Mafia quiere un trozo de este pastel corrupto," repliqué. Me costaba creer que el día se hubiera convertido en esto: una huida a toda velocidad por una carretera secundaria de Italia, esquivando posibles ataques de la Mafia.

Se quedó en silencio un momento, procesando. "Esto... esto lo cambia todo."

"Absolutamente," dije, con agudo sarcasmo. "Creía que sólo jugábamos con triángulos amorosos y laberintos legales, no a desviar balas."

La carretera era poco más que una pista, y la suspensión del Lancia chirriaba bajo el asalto del terreno irregular. Cada bache parecía una sentencia de muerte si los que nos seguían se salían con la suya.

"Necesito contactar con Denaro," murmuró Francesca, jugueteando con su teléfono móvil con manos temblorosas. La pantalla se iluminó, proyectando sombras siniestras sobre su rostro.

"Espera," dije, mirándola. "Antes de que lo hagas, tienes que saber que Toscin me pidió que te vigilara a ti y al juez."

Sus ojos se clavaron en los míos, "¿qué?"

"Sí. Toscin... Cuando fui a hacerte las fotos con el juez, apareció su mensaje: *Francesca es de la DIA-Direzione Investigativa Antimafia*. Estás de incógnito," dije, agarrando el volante mientras nos acercábamos a una carretera más civilizada.

El móvil se le escapó de las manos, golpeando el salpicadero mientras me miraba, con el rostro dividido entre la ira y el miedo. "¿Y ahora qué vas a hacer?"

"Parece que ambos estamos en una encrucijada en este laberinto, Francesca. Vamos a tener que elegir una dirección."

Se recostó en su asiento, con las fuerzas abandonándola. "Mi tapadera expuesta podría ponerme a mí y a mi familia en peligro, después de tantos años cultivando esta tapadera con la Cosa Nostra," susurró.

No tuve tiempo de consolarla ni de profundizar en la red de engaños en la que ambos estábamos atrapados. El Audi ganaba terreno y nuestras opciones se agotaban.

"¡Allí!" Francesca señaló un camino lateral que se bifurcaba a la derecha. "Lleva a una vieja granja. Está abandonada, pero podría darnos algo de cobertura."

Sin vacilar, giré hacia la entrada, las ramas arañando las ventanillas como las garras del pasado intentando hacernos retroceder. El coche rebotó y resbaló sobre la grava suelta, pero lo mantuve bajo control, empujándolo tan rápido como pude.

Nos detuvimos detrás de la estructura en ruinas y el Audi pasó la bifurcación envuelto en una nube de polvo. Por ahora, estábamos fuera de la vista.

Francesca y yo nos sentamos, jadeantes, con la adrenalina fluyendo lentamente por nuestras venas. "¿Y ahora qué?" Preguntó, con la voz hueca.

"Ahora," dije, girándome para mirarla, "decidimos si vamos a ser socios en esto o sólo dos cadáveres más en el cementerio de la mafia."

Fuera, el ruido del motor del Audi se desvanecía en la distancia, pero el ominoso sonido de las hélices del helicóptero empezaba a elevarse por encima de nosotros. No estábamos a salvo, ni mucho menos, pero al menos teníamos un momento para recuperar el aliento y planear nuestro siguiente movimiento.

Y en algún lugar, en el fondo, sabía que lo que viniera después no iba a ser bonito.

***

Mientras conducía el Lancia de Francesca hacia el muelle del *ferry* en Piombino, el cielo del atardecer se volvía violáceo. Esas dos horas en la carretera habían estado llenas de confesiones desgarradoras.

"Esos tiradores eran de la DIA," la voz de Francesca había sido firme, casi demasiado tranquila dada la tormenta que estaba detallando. "Y los que iban en los Audis eran asesinos de la Cosa Nostra. Me coordiné con ambos bandos: como infiltrada de la DIA, tendí una trampa a los mejores sicarios de la Mafia y a un *capo* clave de Milán para eliminar al juez."

Agarré el volante con más fuerza, el cuero gemía bajo mi agarre.

"¿Así que el juez era sólo un cebo? ¿Un señuelo en una artimaña mortal?"

"Los francotiradores de la DIA debían eliminar a los sicarios de la mafia y al *capo*. Tu papel, involuntario peón de la Mafia, era atraer al juez y a un fiscal al descubierto inculpándote con una pistola con tus huellas dactilares, una robada de tu Fiat 500 junto con tu maleta Boggi Milano."

Mi mente daba vueltas. Habían orquestado esta intrincada danza de la muerte en torno a mí, utilizándome a la vez como cebo y chivo expiatorio. La ironía no se me escapaba; era simplemente amarga.

"Maldita sea, la cámara," recordé de repente. "La dejé allí con las fotos de los tiradores."

"Están camuflados," descarta Francesca con un gesto de la mano, como si espantara una mosca especialmente molesta. "Identificarlos sería imposible. Pero veré si alguien puede recuperar la máquina. ¿La dejaste en el lugar marcado en el mapa?"

"Sí, donde se suponía que iba a hacer las fotos," murmuré, con el peso de todas esas posibles exposiciones presionando sobre mí.

Cuando nos acercábamos al *ferry*, le entregué un papel con una dirección en Ferrara.

"Coge el *ferry*, busca mi coche en el puerto, arregla todo con el hotel y tráelo a ésta dirección. Reúnete conmigo en dos días. Evita al juez en el hotel, ve allí por la noche y mantente fuera del radar de todo el mundo, incluso de la DIA. Confía en mí, es lo mejor. Tengo un piso franco en Ferrara donde podemos arreglar este lío juntos."

"¿Y qué vas a hacer los próximos días?"

"Tengo que ocuparme de algunos asuntos personales y consultar con mi equipo," dije, manteniendo la mirada al frente y observando cómo se acercaba el transbordador.

"Leilac, no sé por qué, pero confío en ti," admitió mientras bajaba del coche y sus ojos buscaban los míos en busca de consuelo. "Mi familia, mi carrera, mi vida... todo está en peligro ahora que han descubierto mi tapadera."

"Sólo Toscin y yo sabemos que eres de la DIA," la tranquilicé. "Usaremos eso a nuestro favor."

Con una inclinación de cabeza, Francesca se dirigió hacia el transbordador, su figura engullida por las crecientes sombras de la noche. Arranqué el motor y me dirigí hacia el norte.

***

7

Un refugio tranquilo
Ferrara, Italia

Sentado, encorvado sobre mi portátil a la tenue luz del piso franco, el resplandor de la pantalla proyectaba sombras siniestras sobre el desconchado papel pintado. Habían pasado dos días desde Monte Argentario y la adrenalina por fin había empezado a remitir, dejando tras de sí un sordo dolor de fatiga. El piso franco era lo más discreto posible: un viejo apartamento escondido en un rincón tranquilo de Ferrara, una ciudad que parecía existir más allá del tiempo. Aquí, yo era un fantasma.

Sorbí el amargo Negroni que había preparado horas antes, haciendo una mueca ante su sabor ácido y frío. Mi mente era un revoltijo de planes a medio hacer y callejones sin salida. Necesitaba averiguar cuál sería mi siguiente paso, pero cada pensamiento me devolvía a la misma pregunta, "¿en quién puedo confiar?"

El estridente timbre de mi teléfono rompió el silencio. Miré la pantalla de Mariangela. Se me oprimió el pecho. Quizá había cambiado de opinión. Quizá...

Descolgué y apenas pude decir "Hola" antes de que su voz estallara al otro lado.

"¿Intentaste matar a Mateo?" Gritó, sus palabras cortaron cualquier esperanza que tenía de una conversación pacífica. "¡Eres un asesino! Ya ni siquiera sé quién eres. ¿Cómo pude haberte amado alguna vez?"

La única parte que resonaba en mi mente era la última, "¿cómo podría haberte amado?" Así que me había querido. Mi corazón se estrujó.

"Mariangela, ¿de qué estás hablando?" Balbuceé, sorprendido.

"¿Me estás escuchando?" Se quebró. "¡Mateo está en el hospital con una herida de bala y dice que fuiste tú!"

"Espera, ¿qué? ¿Yo? ¿Tratando de matar a Mateo? Eso es una locura."

"¡Sí, tú! Le disparaste con una bala del calibre 22. No te hagas el tonto," acusó.

Me froté las sienes, tratando de procesar. "¿Yo?" Repetí. Repetí. "Yo no he disparado a nadie. Ni siquiera uso armas. Ya lo sabes."

"¡No me mientas! ¿No estabas con él? ¿Conociste a Mateo o no?"

Dudé, con el peso de la situación presionándome.

"Sí, le vi," admití. "Quedé con él para decirle que te dejara en paz. Sólo fue eso. Una conversación de dos minutos."

"¿Y entonces le disparaste? ¿Intentaste matarlo?" Se le quebró la voz, una mezcla de rabia y algo más, quizá miedo.

"¿Estás loca?" Dije, con la frustración a flor de piel. "No le he tocado. Está mintiendo para llamar tu atención, ¿no lo ves?"

¿"Mentir"? ¡Está en el hospital con una bala en la pierna, Leilac! Y vi tu pistola en Monterosso."

Me quedé helado. El aire pareció espesarse a mi alrededor.

"¿Qué arma?" Susurré.

"Ya sabes qué arma. La que encontré en tu bolso."

Se me secó la boca. Intenté encontrar palabras, pero no las encontré.

"¿Estás ahí?" Preguntó.

Tragué saliva. "Escucha, Mariangela, puedo explicarlo."

"No quiero tus explicaciones," interrumpió. "Convenceré a Mateo de que no presente cargos, que diga que no sabe quién lo hizo, que fue un acto al azar. Pero te quiero fuera de nuestras vidas. Me voy a casar con él y tienes que dejarnos en paz."

Sus palabras me golpearon como un puñetazo en las tripas. "Pero empezaste esta llamada diciendo que me querías," protesté débilmente.

Se hizo el silencio entre nosotros. Después de lo que pareció una eternidad, volvió a hablar, "te quise en el pasado. Ahora ya no."

Y la línea se cortó.

Me quedé mirando el teléfono, con la mente a mil por hora. La mafia se había llevado el revólver, el mismo calibre 22 que me había regalado Cesare y que yo tenía intención de desechar. Me la habían robado del coche cuando rompieron la ventanilla y se llevaron mi maleta Boggi Milano. Francesca me había advertido de que intentarían inculparme del asesinato del juez, pero al frustrarse ese plan, cambiaron de objetivo.

Mateo.

"Joder," murmuré, golpeando la mesa con el puño. Las piezas iban encajando, pero la imagen que formaban distaba mucho de ser bonita.

Como por instinto, mi teléfono volvió a vibrar. Esta vez era Toscin. Habíamos estado en contacto los últimos días, y sus *ideas* me habían ayudado a mantener la cabeza fuera del agua.

"Hola, ¿algo nuevo que pueda usar?" Respondí, intentando mantener la voz firme.

"Las cosas son más complicadas de lo que pensaba," dijo, saltándose cualquier saludo.

"¿Qué pasa ahora, Toscin? ¿Cuál es el problema?"

"¿Sabías que el tío de Mateo es el fiscal que lleva el caso del AC Milan?" Preguntó.

"¿Qué?" Sentí que se me iba la sangre de la cara. "¿En serio?"

"Ni más ni menos."

"Joder, esto es una mierda," dije amargamente. "Esto se pone cada vez mejor."

"Y complicado es muy poco para describirlo," respondió ella.

"Escucha, tengo que decirte algo," empecé. "Conocí a Mateo hace unos días. Justo después, alguien le disparó, y creo que quieren que creas que utilizaron la pistola robada de mi coche. La que me dio Cesare."

"¿Está muerto?" Preguntó, en un tono ilegible.

"No, sólo herido. Pero Mariangela cree que fui yo. Dice que se va a casar con él y quiere que desaparezca."

"¿Le disparaste?" Ella insistió.

Solté una carcajada áspera. "¿De verdad tienes que preguntármelo? No, no le disparé. Claro que quería darle una lección, pero ¿asesinar? Ese no es mi estilo."

"Bien," dijo ella. "Dame un par de horas. Veré lo que puedo averiguar. ¿Está Francesca contigo?"

"No," le contesté, "he intentado ponerme en contacto con ella, pero tiene el móvil apagado."

"Estará bien," me aseguró Toscin. "Espérala allí. Y, Leilac... mantente fuera de vista."

"Entendido."

Colgué y me recosté en la silla, frotándome los ojos. De repente, el piso franco me parecía una celda. Necesitaba un poco de aire.

Cogí mi abrigo y salí al estrecho balcón. Abajo, las calles de Ferrara estaban tranquilas, el bullicio habitual amortiguado por la hora tardía. Las murallas medievales se erguían estoicas contra el cielo nocturno, su silencio sólo roto por el suave susurro de las hojas.

Encontré un cigarrillo olvidado en un rincón del escritorio – dejado por alguien, olvidado hasta ahora. Nunca había fumado, pero después de las últimas 48 horas, me pareció extrañamente apropiado. Cuando lo encendí, la llama parpadeó, proyectando breves sombras sobre mi cara. Di una lenta calada y el humo se elevó, retorciéndose en el aire como un secreto que por fin se escapa.

El tío de Mateo era el fiscal en el caso del AC Milan. Por supuesto que lo era. La mafia estaba atando cabos sueltos y yo era el hilo que volaba en el viento. Habían intentado inculparme del asesinato del juez, y cuando eso fracasó, recurrieron a Mateo, sabiendo que sus conexiones apretarían la soga alrededor de mi cuello.

Pensé en Mariangela. Su mirada cuando nos despedimos en Monterosso al Mare. Había algo allí: una duda, tal vez, o un afecto persistente. Ahora todo eso estaba ensombrecido por acusaciones y mentiras.

"¿Cómo hemos llegado a esto?" Murmuré.

Lancé el cigarrillo al callejón de abajo, observando cómo las brasas se dispersaban como diminutas estrellas antes de salir. Necesitaba un plan. Quedarme aquí, ahogándome en la autocompasión, no iba a servir de nada.

De vuelta al interior, extendí las notas y los mapas sobre la mesa. Hilos de conexiones, motivos, oportunidades... todos conducían a la misma maraña. Anoté nombres: Mateo, Mariangela, Francesca, el juez, el fiscal. Las líneas los conectaban, entrecruzándose como las calles del antiguo barrio de Palermo.

Mi móvil volvió a vibrar. Un mensaje de un número desconocido: "Tenemos que hablar. Urgente."

***

El golpe fue preciso: tres golpes rápidos, una breve pausa y dos más. Era la señal que habíamos acordado, pero mi pulso se aceleraba con cada sonido. Miré por la mirilla y vi a Francesca, calada hasta los huesos y apretando con fuerza una mochila contra el pecho. Abrí la puerta y ella entró corriendo, con una ráfaga de aire frío corriendo tras ella.

"¿Me has echado de menos?" Preguntó con una alegría forzada.

"Como un mal hábito," logré, mi sonrisa convirtiéndose más en una mueca.

Dejó caer su mochila sobre la mesa con un fuerte golpe y examinó el interior de la casa. "Encantador, Leilac."

"Evité al juez en el hotel Plaza de Elba," murmuró, con voz grave, mientras esperaba para deshacer las maletas. "Traje todo lo que dejamos atrás, incluido el Fiat."

"Extendí el alquiler del Fiat," dije, apoyándome en la pared con los brazos cruzados. "Pensé que podría ser útil."

"El lugar que has encontrado aquí es acogedor."

La forma en que lo dijo, no era realmente un cumplido. Más bien un reconocimiento de nuestra sombría situación.

"¿Contactaste con alguien? ¿Cosa Nostra? ¿DIA?" Pregunté.

"Sólo mi hermana. Le dije que se fuera de Sicilia. Están de camino a París, se van a quedar con unos parientes que viven allí," me contestó.

"Buena jugada."

Se hizo el silencio entre nosotros, lleno de preguntas sin respuesta. Decidí arrancar la tirita. "Tengo que decirte algo. Han disparado a Mateo. Mariangela cree que fui yo."

Sus ojos se abrieron de par en par. "¿Fuiste tú?"

"¿En serio?" Me burlé. "No. Pero la mafia me está incriminando. Y escucha esto: ¿el fiscal que lleva el caso del AC Milan? Es el tío de Mateo."

"Sabía lo de su tío," dijo con calma.

"¿Qué?" Pregunté, sorprendido.

"La mafia planeaba utilizarte para presionar al fiscal," explicó. "Planeaban utilizar a Mariangela y Mateo para ejercer presión sobre ti."

"Saben mucho de mí."

"Han tenido tiempo de investigar," dijo. "Pero sólo son intermediarios. Alguien más mueve los hilos, alguien con intereses creados en el AC Milan."

Asentí lentamente. "Ya veo."

Entró en la pequeña cocina. "Voy a darme una ducha. Ha sido un día largo."

"Siéntete como en casa," dije detrás de ella.

Me entretuve en la tarea de preparar Negronis, el tintineo del hielo contra el vaso cortaba la tensión en el aire. Metódicamente, vertí la ginebra, el vermut dulce y el color rojo intenso del Campari sobre el hielo, removiendo lentamente.

A través de la puerta entreabierta del cuarto de baño, me llamó la atención Francesca. Se desnudaba con una facilidad inconsciente, cada movimiento fluido y desprevenido. La tenue luz del cuarto de baño pintaba su piel con suaves contrastes, resaltando la fuerza natural de su físico. Su presencia contrastaba con la elegancia cultivada de Mariangela. En aquel momento, mientras la observaba, me pareció casi de otro mundo: un laberinto viviente de opciones, su carne y sus huesos esculpidos por las sombras y la luz. Su figura contaba una historia salvaje, como la trama impredecible de un escritor que se desarrolla en tiempo real.

Aparté la mirada y di un sorbo a mi bebida. El amargor coincidía con el sabor de mi boca.

"Bebidas listas," anuncié.

"Enseguida salgo," respondió ella, por encima del ruido del agua.

Me acomodé en el sofá irregular, mirando las grietas del techo. Este piso franco había vivido tiempos mejores, como yo.

Apareció unos minutos después, con el pelo húmedo y envuelta en una toalla. "Qué buen baño."

"Tómate un Negroni," le pasé un vaso.

Se sentó a mi lado, metiendo las piernas debajo. "¿Es un *affresco* lo que hay en la pared?" Preguntó, mirando una pequeña parte de la pared adornada con un cuadro antiguo.

"Sí," respondí, y añadí, "es un pequeño resto de lo que fue este edificio: un convento, ahora convertido en pisos."

"Por los Negronis, *los affreschi* y las noches en el sofá," dijo.

Brindamos y bebimos. El silencio entre nosotros era cómodo, casi acogedor.

Dejó el vaso. "Voy a vestirme." Se levantó, su toalla resbaló ligeramente antes de que la tendiera. "A menos que prefieras el atuendo actual."

Levanté las manos en señal de rendición. "De mi parte, ninguna queja."

Puso los ojos en blanco pero sonrió mientras desaparecía en la otra habitación.

***

A la mañana siguiente, me desperté con la cama vacía y el sonido lejano de la lluvia golpeando la ventana. El mes de diciembre en Ferrara era sombrío en el mejor de los casos. Me levanté frotándome los ojos. La habitación de al lado estaba fría, pero aún se percibía su aroma, una mezcla de jabón y algo propio de Francesca.

Me dirigí al balcón, la barandilla de metal fría bajo mis dedos. La estrecha calle centelleaba, los adoquines reflejaban la pálida luz de la mañana. Pasaban algunos madrugadores con sus paraguas luchando contra la lluvia.

Un ruido repentino en la puerta me puso alerta. El picaporte traqueteó ligeramente, la vieja madera crujió. Cogí el objeto más cercano –un pesado candelabro– y me dirigí en silencio hacia el sonido.

La puerta se abrió y levanté el arma improvisada, con los músculos tensos.

"Cuidado," se rió Francesca y entró. Estaba empapada, con el pelo oscuro pegado a la cara y una bolsa de la compra enrollada en un brazo. "¿Esperabas a alguien más?"

Bajé el candelabro, exhalando bruscamente. "Sólo practicaba mis habilidades de defensa del hogar."

Cerró la puerta de una patada, las gotas se acumularon alrededor de sus botas. "Me alegra ver que estás alerta."

"Viejos hábitos." Dejé el candelabro a un lado.

Colocó la bolsa sobre la mesa de madera y el aroma a pan fresco llenó la habitación, "he pensado en traer el desayuno. *Coppia ferrarese*," dijo, sacando los panes retorcidos. "El mejor pan de Italia, en mi opinión."

"Eres parcial," bromeé.

"Tal vez un poco," se rió. Sin previo aviso, cerró el espacio que nos separaba y apretó sus labios contra los míos. Su boca era cálida a pesar de la fría lluvia y, por un momento, el mundo se redujo a nosotros dos.

Se dio la vuelta, con la mirada fija. "Buenos días.

"Definitivamente es aquí," respondí.

Nos dirigimos a la mesa y ella empezó a colocar los demás platos: queso, aceitunas y un par de manzanas. Comida sencilla, pero parecía extravagante en nuestro pequeño refugio.

Mientras comíamos, los recuerdos de la noche anterior pasaron por mi mente. Después de los Negronis, la tensión entre nosotros había cambiado. Buscábamos consuelo el uno en el otro, un escape temporal del caos exterior. Con Francesca, no se trataba de llenar el vacío dejado por Mariangela, sino de algo diferente, más bien de forjar una conexión en medio del desorden.

Me sorprendió mirándola. "¿Una moneda por tus pensamientos?"

"Sólo pensaba en que deberías dejarte atrapar por la lluvia más a menudo; eres *bellissima*," dije, metiéndome una aceituna en la boca.

Se rió suavemente. "Lo recordaré."

La observé: su pelo húmedo enmarcaba su rostro, sus ojos estaban llenos de un espíritu indomable. No se parecía en nada a Mariangela ni a Camilla, cuya sofisticación y atractivo habían sido cuidadosamente cultivados. Francesca era cruda, genuina, una verdadera fuerza de la naturaleza.

"¿Cuál es nuestro plan?" Pregunté, partiendo un trozo de pan.

Se reclinó en su silla. "Tenemos que averiguar quién está detrás de los movimientos de la mafia. Si alguien los está manipulando, podría ser la clave para desenredar este lío."

"¿Alguna pista?"

"Algunos susurros," admitió. "Hay rumores de que un inversor de Oriente Medio intenta hacerse con el AC Milan. Podría estar relacionado."

"Es como un tiro en la oscuridad."

"Puede ser. Pero es todo lo que tenemos."

Acerqué el portátil e introduje una memoria *USB*, tecleando rápidamente, buscando entre archivos encriptados.

"¿Busca información sobre la adquisición del AC Milan?" Preguntó Francesca, inclinándose para mirar la pantalla.

Negué con la cabeza, saqué la memoria USB y la agité ligeramente. "100.000 euros en Bitcoin," dije, con una sonrisa irónica.

"¿Para qué?" Preguntó ella.

"Para intercambiar información y servicios," respondí, guardándome la memoria USB en el bolsillo.

"Cuídate," dijo, con los ojos entrecerrados por la preocupación.

Me detuve un momento, notando su expresión. "Voy a tener que ausentarme unos días, podría alargarse hasta la semana."

Su ceño se frunció ligeramente. "¿Y yo qué?"

"Quédate por aquí. Ferrara es tranquila, no hay muchas miradas indiscretas, perfecta para pasar desapercibido. Te gustará, sobre todo el centro histórico. Explora Piazza Ariostea, Via delle Volte, come en *Il Mandolino* – sus *cappellacci di zucca* son imprescindibles."

"¿Y dónde estarás?"

"Mejor que no lo sepas," dije, con suave firmeza. "Mantente fuera de peligro."

Los labios de Francesca se contrajeron en una fina línea, su preocupación era evidente a pesar de mis palabras tranquilizadoras. Me acerqué al sofá, donde colgaba mi chaqueta, y la cogí, sintiendo el frío cuero bajo mis dedos. Rebusqué en el bolsillo interior y saqué un teléfono móvil negro.

"Sólo usa éste," le dije, tendiéndoselo. "Es un Bittium 2C, completamente seguro." Hice una pausa antes de añadir, "me pondré en contacto contigo cuando lo necesite."

***

8

Maniobras venecianas
Venecia, Italia

El sol de la mañana aún no había hecho las paces con el horizonte cuando salí de Ferrara, un lugar que resultó ser más reservado y acogedor de lo que esperaba. El trayecto hasta Venecia estuvo envuelto en esa tenue penumbra, de esas que susurran finales o principios, pero aún no había decidido cuál. Cada kilómetro que me separaba de Francesca añadía una capa más a la maraña de pensamientos de mi mente, donde la imagen de Mariangela persistía, terca e inquietante.

Marqué el número de Toscin en cuanto empezaron a aparecer las primeras señales de Venecia en el cielo.

"Reserva esas reuniones en Mónaco y el Lago Como," le dije, manteniendo la voz firme a pesar del remolino de emociones que había debajo.

"¿Y el editor de libros de Nueva York?" La voz de Toscin era clara en la línea, cortando el bajo zumbido del motor de mi coche.

"Quiero que este libro agite las cosas en Italia," me dije, más a mí mismo que a ella.

La preocupación de Toscin era palpable, incluso a través de la brecha digital. "¿Estás seguro de que no tendrás problemas legales por publicar ese libro?"

"Técnicamente se publica bajo la etiqueta de ficción," respondí, con un toque de ironía en la voz.

"Pero recuerda lo que pasó con Baumann," insistió Toscin. "El *Gambito del Peón* también era ficción y amenazó con demandarte."

"Querer es diferente de hacer," repliqué. "Voy a crear suficiente ficción en la realidad. Será imposible separar lo real de lo imaginado."

"¿Y está todo listo para hoy?" Pregunté, centrándome en la tarea que tenía entre manos.

"Sí. *Librería Acqua Alta*, a las 10 de la mañana," confirmó Toscin.

"Perfecto," exhalé, aliviada.

Entonces Toscin añadió, "Leilac, tengo algo que decirte, y no vas a...."

"¿Han reservado Mariangela y Mateo su boda?" Interrumpí antes de que pudiera terminar. La amargura de mi voz me sorprendió incluso a mí.

"¿Cómo lo sabías?" Preguntó, claramente sorprendida.

"Maldito Instagram," murmuré, agarrando el volante. "Lo vi hace tres días. O se está muriendo de cáncer y es su última voluntad, o Mariangela me ha tomado por tonto."

"¿Sabes dónde va a ser?" Insistí, medio esperando que me lo revelara.

"Sí. Pero no te lo voy a decir," dijo Toscin con firmeza. "Con las acusaciones en el aire, será mejor que te alejes de ese circo."

Aparqué el coche en el aeropuerto de Venecia y, sin mediar palabra, me dirigí al muelle donde me esperaba un barco Riva. Tomé los mandos y dejé que el barco se deslizara por el Canale di San Giuliano, pasando por las serenas islas de Tessera y Murano. Venecia se desplegó ante mí en una lenta y cinematográfica revelación.

Navegando por los intrincados canales, maniobré la barca bajo el Ponte dei Mendicanti, con el pulso de la ciudad resonando en el ligero chapoteo del agua contra los antiguos ladrillos. Atraqué cerca del puente Cavagnis y me dirigí *a la Librería Acqua Alta*.

Dentro, el caos de libros creaba un laberinto que me resultaba demasiado familiar. Al fondo, cerca de la emblemática terraza, encontré a Elijah fingiendo interés por un desgastado ejemplar de alguna oscura historia veneciana.

"Elijah, ¿va todo bien?" Pregunté e y cogí un ejemplar del último *thriller* de Daniel Silva.

"Bueno," respondió, apartando la mirada mientras me pasaba un sobre marrón que llevaba bajo el brazo.

Le entregué discretamente una memoria *USB*. "100k ahí. Envíamelo todo a mi ProtonMail. Y quiero saber dónde se van a casar," añadí, la última parte un golpe seco a mi propia curiosidad.

***

Cuando salí de la tienda con mis nuevas adquisiciones – *Muerte en Cornualles* y *L'amica geniale* bajo el brazo– no pude evitar la sensación de que me miraban fijamente. Venecia, con su encanto elegantemente decadente y sus callejuelas laberínticas, se presta bien a la mirada clandestina. La luz, filtrada por la niebla y los canales estrechos y altos, parece hacer que todo fluya con suavidad, perfecta para una persecución discreta o una huida sigilosa.

Mientras me abría paso entre la multitud matutina en dirección a Rialto, la sensación de que me seguían se apoderó de mí. No era paranoia; el patrón era demasiado deliberado. Cada vez que me detenía, mi sombra se detenía, y cuando me movía, el eco de las pisadas sobre las piedras antiguas susurraba justo detrás. Eran buenos, estos seguidores, probablemente *carabinieri* de la DIA. Pero yo tenía toda una vida de evasión entretejida en mis tendones.

Decidí tomar las riendas del juego, dándole la vuelta con un poco de ironía. ¿Qué mejor lugar para dirigir un baile de persecución que la Piazza San Marco, un escenario que ha visto más intrigas y engaños a lo largo de los siglos que la mayoría de los hemiciclos parlamentarios?

Cuando llegué *al Caffé Florian*, me permití una pequeña sonrisa. Aquí, rodeado por la opulencia de las paredes pintadas al fresco y los ecos de conversaciones pasadas, reflexioné sobre la verdadera naturaleza de mi situación. Saboreando mi café, aprecié su rico amargor, cada sorbo un agudo recordatorio de lo mucho que estaba en juego. El café, centro de discursos artísticos e intelectuales a lo largo de los siglos, servía ahora de puesto de observación. Poco después, mis perseguidores entraron por la puerta, fingiendo un interés turístico por el interior histórico del café. Sus acciones podrían engañar a un turista, pero para el ojo experimentado eran tan sutiles como un gondolero en un atasco.

Terminado mi *espresso*, cogí el último trozo de mi *croissant* y regresé a la plaza. Bajo la atenta mirada de la Basílica, esparcí los trozos a las palomas, una nube de alas se alzó en caótico fervor. En el breve tumulto, me escabullí, mis pasos rápidos y seguros mientras me adentraba en las serpenteantes calles de Venecia.

La persecución se desarrolló como una obra de teatro bien ensayada, con los estrechos callejones y las curvas cerradas de la ciudad como atrezzo. A cada minuto que pasaba, la adrenalina se disparaba, agudizando mis sentidos; cada paso y cada respiración acelerada eran una nota en un emocionante ritmo de huida. Las propias piedras de Venecia parecían conspirar conmigo, sus desgastadas superficies insinuaban secretos de escapadas rápidas y caminos ocultos. Me desvié por caminos poco transitados, mi familiaridad con el trazado de la ciudad me permitía mantenerme siempre a un suspiro de distancia de mis perseguidores.

Finalmente, sintiendo que la distancia entre nosotros aumentaba, volví al barco. Dos agentes más, nuevos en este juego, observaban desde una discreta distancia. Su presencia era un recordatorio conmovedor de que la DIA no se rendía fácilmente. Mientras me deslizaba en el bote, sentí que la tensión familiar de la persecución se convertía en algo más agudo, una necesidad de huida definitiva.

Mientras me alejaba por el canal, una discreta barca de madera entró en el agua detrás de mí. La persecución era ahora una silenciosa y mortal persecución a través de las arterias de Venecia. Nuestras barcas se deslizaban junto a antiguos palacios y bajo puentes de piedra donde los amantes se prometían fidelidad eterna, sin que la yuxtaposición de belleza y peligro pasara desapercibida. Utilizando mi profundo conocimiento de estas aguas, ejecuté una serie de maniobras diseñadas para confundir y retrasar. La danza de depredadores y presas continuó, con el chapoteo de nuestros motores como único sonido en una mañana por lo demás serena.

Por fin, gracias a una combinación de astuta navegación y pura audacia, me deshice de ellos. Su barco desapareció tras un recodo mientras yo amarraba en un lugar aislado cerca de la *Stazione di*

Venezia Santa Lucia. Con el corazón aún acelerado, amarré la barca y me uní a la multitud, una cara más entre muchas otras, en dirección al anonimato de la estación de tren.

Cuando compré el billete para Padua, sentí la primera oleada de alivio. Mientras el tren se ponía en marcha, con el cadencioso ritmo de las ruedas sobre las vías como bálsamo tranquilizador, reflexioné sobre los acontecimientos de la mañana. Desde la engañosa calma de una querida librería hasta la emocionante persecución a través de los emblemáticos canales de Venecia, el día se había desarrollado con la intensidad de una novela de suspense bien elaborada – adecuada, quizá, para un hombre cuya vida se había convertido en una maraña de realidad y ficción, cada pieza indistinguible de la otra.

Venecia se perdía en la distancia, su silueta brumosa era un recuerdo que se desvanecía con la luz de la mañana. Por delante quedaba Padua.

***

9

Laberinto de amor
Padua, Italia

El tren se deslizó hasta Padua con la facilidad de un cuchillo de mantequilla y me apeé en medio de un torbellino de pasajeros. La estación de Padua no tenía la grandiosa arquitectura de Roma ni los intrincados canales de Venecia, pero sí un encanto funcional. El aire resonaba con los dialectos de los estudiantes y los pasos rápidos de los viajeros diarios, un zumbido de vida que continuaba como si la llegada del tren fuera sólo un susurro en su ajetreado día.

Me colgué la mochila al hombro y me puse en marcha, siguiendo la carretera hacia Prato della Valle. El paseo fue un mosaico de media hora de encanto histórico y urgencia moderna, una narración en aceras y ventanas de cafés. Corso Giuseppe Garibaldi se extendía ante mí como un viejo amigo, flanqueado por sus elegantes, aunque algo desgastadas fachadas, guiándome por el corazón de la ciudad. La Piazza Garibaldi, una plaza repleta de turistas y lugareños, daba paso a Via Roma, una arteria más estrecha que fluía hacia el esplendor de Prato della Valle.

El propio Prato della Valle era una galería al aire libre de la vida y la historia de Padua, rodeada de estatuas que parecían observar el presente con un estoico desapego. El espacio era inmenso –una de las plazas más grandes de Europa-, una vasta isla ovalada de césped, rodeada por un foso que reflejaba el cielo azul y las nubes dispersas del día. Era un lugar donde pasado y presente bailaban a un ritmo silencioso, vigilados por la mirada pétrea de los notables italianos desde sus frías perchas.

En Caffè Diemme, una capa del viejo mundo se adhería a los adornos modernos. El café zumbaba suavemente con el ajetreo de los buscadores de *espresso* y los lectores de periódicos. Encontré a Renaud en una mesa del fondo, su presencia era tan inconfundible como la de un oso en un *ballet*.

"Hola, Renaud," le saludé, deslizándome en la silla de enfrente.

"Leilac, bienvenido. No te veía desde Pietrapertosa," respondió Renaud, arrugando el rostro en una sonrisa que no le llegaba a los ojos.

"¿Así que ahora vives en Padua?" Aventuré, viendo a un camarero navegar por el pequeño océano de mesas con una bandeja en equilibrio como un barco en aguas agitadas.

"Es verdad, beneficios de la jubilación. Me casé," rió, entrelazando las manos con la facilidad de un hombre que ha encontrado su puerto.

"¿Con Stephany, tu antigua secretaria?" Pregunté, medio en broma, medio curiosa por este previsible *cliché* de hombres mayores en el poder.

"No, no... Me casé con una italiana preciosa, de aquí, de Padua. Valentina," me corrigió con una jactancia que parecía inflarle en su silla.

Renaud, que nunca había sido delgado, parecía un hombre que había encontrado consuelo en la buena comida y el mejor vino, quizá demasiado. Reflexioné en silencio que no era su buen aspecto lo que atraía la atención de las damas. Debía de ser el encanto de sus cuentas bancarias y los misterios que encerraban.

"¿Es o era Valentina tu secretaria?" Insistí, saboreando el *espresso* que había aparecido mágicamente ante mí.

"No, en absoluto. Es clienta de mi antiguo banco," dijo con orgullo, y añadió con una sonrisa socarrona, "aunque esto sea secreto bancario."

Para ser cliente de su antiguo banco, Valentina tenía que ser algo más que rica; tenía que estar nadando en dinero, porque aquel banco no abría sus puertas a los peces pequeños. Tal vez ella lo amaba por razones distintas al dinero... y a la apariencia.

"Felicidades por tu boda," le ofrecí, levantando ligeramente la taza.

"¿Y cómo puedo ayudarte? Tu mensaje parecía urgente."

Me incliné hacia delante, bajando la voz a pesar del bullicio de la conversación a nuestro alrededor. "Es un asunto delicado, Renaud." Le expliqué todos los detalles de la operación que necesitaba que llevara a cabo.

"Puedo ayudar con eso. No es fácil, es arriesgado, pero puedo," asintió lentamente, y luego añadió, "pero necesito información... sobre los bancos que se utilizan en la Unión Europea para estas operaciones."

"Te conseguiré esa información," prometí. "Mientras tanto, necesito tu coche."

"¿Mi coche?" Renaud parpadeó, sorprendido.

"Sí, no puedo alquilar un coche. Necesito pasar desapercibido."

"Sólo tengo dos coches y ambos no son discretos."

***

Ese mismo día, giré la llave del Ferrari rojo de Renaud.

"Bueno, no es discreto, pero es mejor que los McLaren 720 que tienes."

El Ferrari, con su emblema de un *cavallino rampante*, relinchó debajo de mí al salir de Padua, la bestia roja atrajo demasiadas miradas para mi gusto. Renaud había insistido en que era este o su llamativo McLaren. Estaba claro que la sutileza no era su fuerte.

Al girar hacia la autopista A4, la campiña italiana se desdibujó: un tapiz de olivos y viñedos, viejas granjas de piedra que resistían obstinadamente el paso del tiempo. No pude evitar pensar en Renaud y su nueva esposa, Valentina. Un hombre que parecía un oso bien alimentado había conquistado a una mujer que le doblaba la edad y el patrimonio. El amor, o lo que sea que pase en estos días.

"Incluso Renaud," murmuré, sacudiendo la cabeza. "¿Qué estoy haciendo mal?"

La cara de Mariangela pasó por mi mente: sus ojos esmeralda, esa risa que solía hacer que todo lo demás se desvaneciera. Ahora se casaba con Mateo, un tipo que finge su propia miseria para atraparla. Un movimiento elegante. Y aquí estoy yo, circulando a toda velocidad por una autopista italiana en un Ferrari prestado, huyendo de un lío que he contribuido a crear.

Pisé el acelerador y el rugido del motor ahogó mis pensamientos. Vicenza y Verona pasaron a toda velocidad, ciudades históricas reducidas a un borrón. Lugares donde la gente vivía una vida normal, no contaminada por las sombras que parecían seguirme.

Delante apareció el cartel de un Autogrill. Mi estómago me recordó que no había comido desde Ferrara. Entré, aparcando el Ferrari entre un autobús turístico y un Lancia que ha visto días mejores.

Dentro, el olor a *espresso* fresco y *panini* me golpeó. Pedí un bocadillo *de mozzarella di bufala* y un café, y la cajera me miró como si reconociera mi cara de alguna parte. Seguramente era mi paranoia.

Encontré un asiento junto a la ventanilla. Las familias se movían, los niños reían y los padres se peleaban con mapas y *smartphones*. Un atisbo de normalidad que me encantó observar desde la distancia.

Mientras mordía el bocadillo, la cremosa *mozzarella* me ofrecía un breve momento de alegría, mis pensamientos volvieron a Francesca. Complicado, Francesca.

"¿Me estaba engañando pensando que podría haber algo real entre nosotros? ¿O sólo la estaba utilizando para llenar el vacío que dejó Mariangela?"

Me reí amargamente. "Cambia un laberinto por otro," susurré.

Mi teléfono vibró. Un mensaje de Toscin: "Reunión confirmada. Hoteles reservados. Coordenadas adjuntas."

De vuelta al trabajo. No hay descanso para los malvados, ni para los estúpidos.

Terminé de comer y volví al coche. Al entrar en la autopista, el cielo empezó a oscurecerse. Llovía. ¿Por qué no añadir un chaparrón a la mezcla?

Los limpiaparabrisas luchaban contra las láminas de agua mientras navegaba por Brescia. La carretera era un borrón, como mi vida en ese momento.

"Incluso el tiempo conspira contra mí," murmuré.

Al pasar Cremona, la lluvia amainó. Las nubes se abrieron lo suficiente para revelar un toque de luz dorada. Pensé en Sicilia, en sus paisajes escarpados cargados de historia, gloriosos y oscuros. La cuna de la mafia, donde el honor y la traición van de la mano. Quizá me equivoqué al pensar que podía navegar por un mundo de secretos sin perderme en el proceso.

Suspiré y agarré el volante con más fuerza. "Contrólate," me dije. "La autocompasión no va contigo."

Cuando llegué a Savona, el cansancio se había apoderado de mí. Más de cuatro horas al volante y la cabeza llena de asuntos sin resolver pueden hacer eso a una persona.

Me detuve en un mirador tranquilo, el Mediterráneo se extendía frente a mí, inquieto e indiferente. Me bajé, el aire fresco era un cambio bienvenido con respecto a la atmósfera cargada del coche.

Apoyada en el *capó*, miré al cielo gris y nublado. En algún lugar, Mariangela planeaba una boda con un hombre que no era yo. Renaud probablemente saboreaba un vino con Valentina, completamente ajeno a la ironía que su felicidad proyectaba sobre mi situación.

Saqué mi teléfono móvil seguro. Por un momento, me planteé llamar a Francesca. "Escuchar su voz podría ayudar, o podría empeorar las cosas." Antes de que pudiera decidirme, el móvil volvió a vibrar: otro mensaje de Toscin.

"Actualización: Se esperan posibles interferencias. Manténgase alerta."

"Genial," dije en voz alta. "Justo cuando pensaba que las cosas no podían ponerse más interesantes."

Volví a subirme al Ferrari, el asiento de cuero frío contra mi espalda. El motor rugió de nuevo, ansioso por seguir avanzando. Envidié su sencillez.

"Otro laberinto por el que navegar," pensé mientras volvía a la carretera.

La noche me envolvió mientras aceleraba hacia mi destino, con la incertidumbre acompañándome en el asiento del copiloto. Fuera lo que fuese lo que me esperaba –respuestas, más preguntas u otro giro en esta enredada historia-, no tenía más remedio que afrontarlo.

Porque, al final, huir no es una opción cuando eres el autor del laberinto.

***

10

La oferta de baño
Montecarlo, Mónaco

Me sonrojé cuando el sol se filtró a través de las finas cortinas, dejando rayas de cebra en la elegante y moderna *decoración de* mi habitación de hotel. Incluso el sol me recordaba que no podía escapar de la realidad. La lluvia del día anterior había dado paso a un cielo salpicado de nubes perezosas, que de vez en cuando cubrían el sol como dudas fugaces. Desde la ventana del Hôtel Riva Art & Spa de Menton, se extendía ante mí un *rompecabezas* de edificios pastel que caían en cascada hasta el mar. El hotel en sí no era nada especial, pero la vista lo hacía sentir como una suite de lujo en el confín del mundo.

Me quedé junto a la ventana, con el café en la mano, mirando cómo las olas acariciaban la costa. Pensaba en Francesca, en sus ojos afilados y su ingenio aún más agudo, en su forma de sortear el peligro con una gracia que yo envidiaba. Entonces resonó en mi mente la risa de Mariangela, una melodía que no podría olvidar aunque quisiera. Y Camilla. Ahora Camilla. Mariangela y ella podrían haber sido gemelas; el parecido era aterrador, incluso inquietante. Mi aventura con Camilla había sido una temeraria zambullida en el caos, sobre todo porque su marido, Baumann, no era de los que perdonan. Escribir sobre ello en el *Gambito del Peón* fue una jugada inteligente y divertida, sobre todo porque lo califiqué de ficción: era mi delgado velo de protección.

Me di una ducha rápida, dejando que el agua caliente se llevara los restos de sueños agitados. Necesitaba información y Camilla era mi mejor –quizá única– fuente. Encontrarla de nuevo era un riesgo, pero, de nuevo, el riesgo se había convertido en mi compañero constante.

El viaje a Montecarlo fue una sucesión de carreteras costeras sinuosas con el rugido del Ferrari de Renaud bajo mí. El Ferrari Roma rojo encajaba perfectamente en la cabalgata de vehículos de lujo que salpicaba las calles de Mónaco, aunque aquí no era más que otro pez en un mar opulento. Aparqué cerca del casino, la fachada del restaurante Amazónico resplandecía con la promesa de discreción y exclusividad.

La plaza frente al Casino y el *Café de Paris* era pura opulencia sin concesiones. Los coches de lujo se alineaban en las calles, con sus motores ronroneando como gatos mimados mientras sus conductores esperaban la oportunidad de mostrar sus juguetes. El aire olía a perfume caro, a colonia de diseño y a mar. Los tacones altos repiqueteaban sobre los adoquines mientras clientes elegantemente vestidos entraban y salían del casino. La gente, vestida para impresionar, reía y charlaba entre el casino y los cafés. Todo era tan... Mónaco. Suntuoso, indulgente y con un toque de arrogancia.

En el interior, el restaurante hervía suavemente con los murmullos de la élite. Una exuberante vegetación caía de los techos en un intento de crear una jungla urbana que resultaba acogedora y sofocante al mismo tiempo. Elegí una mesa que ofrecía una vista despejada de la entrada, pero me mantuve de espaldas a la pared, una costumbre que no podía perder.

Luego entró.

Camilla se movía como si fuera dueña del suelo que pisaba, su pelo rubio –una nueva elección– captaba la luz. Por un momento, el corazón me dio un vuelco. Se parecía tanto a Mariangela que algo se retorció en mi interior. Me vio y sonrió, con una curva calculada en los labios que no revelaba nada.

Me levanté cuando se acercó.

"Buongiorno," le dije, acercándole la silla.

"Hola," respondió ella, acomodándose. "Qué lugar tan interesante has elegido."

"Pensé que te gustaría," dije. "Estoy acostumbrado al de Madrid, el Amazónico original."

Miró a su alrededor, observando la decoración. "Lo sé. Escribiste sobre ello en el *Devil's Puzzle*, ¿no?"

Enarqué una ceja. "Sí. ¿Te acuerdas?"

"De todos los detalles sórdidos," dijo, con un brillo de picardía en los ojos.

Apareció un camarero e hicimos nuestros pedidos sin complicaciones. La conversación fluyó con facilidad: comentarios sobre la decoración, el menú, la gente que nos rodeaba. Era casi como en los viejos tiempos, si ignorabas las corrientes subterráneas que amenazaban con arrastrarte.

"Entonces," aventuré mientras llegaban nuestras bebidas, "¿cómo va el divorcio con Baumann?"

Dio un sorbo a su cóctel, con el vaso en los labios. "Juegos de abogados," dijo suavemente. "Pero ya está hecho. Yo me quedo con la casa de Mónaco y él con el barco. Un intercambio justo, diría yo."

"Se siente como una victoria."

Se encogió de hombros. "Depende del punto de vista."

"¿Y tu amigo?" Pregunté, manteniendo mi tono casual.

Ladeó la cabeza. "¿Quién? ¿Jasmin?"

"Sí, ése."

Una lenta sonrisa se dibujó en su rostro. "Nos vamos a casar. Estaba esperando a que se secara la tinta de los papeles del divorcio."

"Enhorabuena," le dije. "Siempre es bueno tener una visión clara de lo que realmente queremos."

Me miró pensativa. "Sabes, podría haberme quedado contigo. Incluso podríamos habernos casado. Y no por tu dinero, no tienes suficiente para tentarme," bromeó. "Ni por tu vida caótica. Sólo porque te quería."

Sonreí, intentando ignorar el dolor que me causaban sus palabras.

"Bueno, yo no tengo ni una fracción de la riqueza de Baumann, ni siquiera de Renaud. Sin embargo, Renaud consiguió conquistar a Valentina. Quizá haya algo de verdad en lo que dice," pensé.

Me recosté en la silla. "Y con Jasmin... seríamos un hermoso trío, viviendo juntos felices para siempre. Excepto que ella me odia."

"No te odia," corrigió Camilla. "Sólo está un poco celosa."

"¿Celosa? ¿De qué?"

"Lo que teníamos," dijo simplemente.

Desvié la mirada hacia el casino que se veía a través de la ventana.

"¿Y Mariangela?" Preguntó.

"Una larga historia que preferiría evitar," respondí. "Pero es por ella que estoy aquí."

Ella arqueó una ceja. "¿Quieres que la imite para algo?" Bromeó. Dado su parecido, no era del todo absurdo.

Me reí. "No. Necesito información sobre las transacciones de Baumann en bancos italianos, relacionadas con esta lista de empresas." Deslicé un papel doblado por la mesa. "Lo necesito urgentemente, antes de una semana. ¿Puedes ayudarme?"

Desdobló el papel y miró los nombres. "¿Y qué recibo yo a cambio?" Preguntó sin levantar la mirada.

"¿Por qué estás aquí?" Contraataqué.

Para este lomo de wagyu," dijo, cortando la carne perfectamente asada. Antes de dar un bocado, añadió, "no necesito una semana para decirte lo que quieres saber. Todas estas empresas utilizan el mismo banco. Nemesis también tiene intereses allí. Gracias a estas transacciones, Nemesis tenía influencia sobre mí, debido a mis... complicaciones en Brasil."

Se me aceleró el pulso. "¿Qué banco? Tal vez pueda molestar a Nemesis en el proceso."

Dejó los cubiertos y por fin me miró. "¿Qué hay para mí? Te lo preguntaré otra vez."

Respiré hondo. "Estoy escribiendo un nuevo libro: *El Laberinto del Escritor*."

Sonrió irónicamente. "¿Otra ficción como el *Gambito del Peón*?"

"El mismo estilo," admití. "Y quizá escriba un capítulo en el que nos encontremos aquí, en el Amazonas, y tengamos un... encuentro memorable en el baño."

Enarcó una ceja. "¿Con alguien mirando?"

"Quizás la Mafia, los *Carabinieri...* aún no lo he decidido. No lo sé."

Se rió, esta vez de verdad. "Banco BPM de Milán," dijo, inclinándose con aire de conspiración. "Ese es el banco que buscas." Sus ojos brillaron con picardía. "Ahora, ¿dónde está el baño?"

***

Pagué la factura en Amazon, guiñándole un ojo divertido a Camilla mientras se marchaba en su Tesla rojo, el que había pertenecido a Baumann pero que ahora era suyo tras el divorcio. La información sobre el Banco BPM era la clave que necesitaba y el tiempo no estaba de mi parte.

Me subí al Ferrari y sentí el ronroneo del motor, una bestia mecánica ansiosa por devorar los kilómetros que me quedaban por delante. El sol coqueteaba con el horizonte, proyectando un resplandor luminoso sobre el Mediterráneo mientras me dirigía hacia Milán. Tenía por delante tres horas de carretera, una carrera contrarreloj que no podía permitirme perder.

"Banco BPM, Milán." La llave que Renaud necesitaba para abrir este laberinto. Pero a medida que el paisaje pasaba borroso, los pensamientos sobre Mariangela y Francesca se mezclaban con los recuerdos de Camilla, formando un nudo que se apretaba a cada kilómetro.

"Contrólate," murmuré, sacudiendo la cabeza como si eso fuera a desalojar el caos.

La A7 se desplegaba ante mí, una franja de asfalto que cortaba la campiña italiana. Con Binasco deslizándose a mi derecha, vi un Alfa Romeo gris por el retrovisor. Me había estado siguiendo en los últimos trayectos, manteniendo una distancia sospechosamente estable.

"Fantástico," suspiré. "¿Mafia o DIA?" Ninguna de las dos opciones gritaba *vigilancia amistosa de barrio*.

Pisé el acelerador, el Ferrari respondió con una explosión de potencia. "Veamos cuánto quieres esto de verdad." El velocímetro subió: 150, 170, 200 kilómetros por hora. El Alfa se alejó en la distancia, una amenaza que disminuía en el retrovisor. Me permití una breve sonrisa antes de volver a concentrarme en la carretera.

Entonces, como si se tratara de una broma de mal gusto, unas luces azules salieron de la parrilla del Alfa, acompañadas del aullido de una sirena.

"Me tomas el pelo," murmuré. Reduzco la velocidad y dejo que me alcancen, sin que me pase desapercibida la ironía. Ir a toda velocidad en un Ferrari por una autopista italiana... muy original.

Cuando el Alfa se detuvo a mi lado, miré la matrícula: "FS-650TP ALFA." Lo tecleé en un mensaje para Toscin.

Su respuesta fue casi instantánea: *"Polizia Stradale."*

"Por supuesto," murmuré, "qué suerte la mía."

Me detuve a un lado de la carretera, justo antes del peaje Barriera A7 Milano Ovest. El coche de policía sin distintivos se detuvo delante de mí y se acercaron dos agentes, con las gorras caladas y la expresión aún más exagerada.

"Documenti, per favore," exigió el más alto.

"Buongiorno," dije, entregando la matrícula del coche y mi DNI.

Miró alternativamente los documentos y a mí. *"Signor* Leamas, el vehículo está registrado a nombre de.... ¿*Monsieur* Renaud?"

"Un amigo," respondí con una sonrisa cortés. "Insistió en que diera un paseo."

La mirada del agente no vaciló, "superaba usted el límite de velocidad en 45 kilómetros por hora," dijo en un inglés cortante. "Es una infracción grave."

Me encogí de hombros. "Es un Ferrari, oficial. A veces un coche tiene mente propia."

Su expresión no cambió. "Ha infringido el artículo 141, punto 5, y el artículo 142, puntos 1 y 9, del *Codice della Strada*. Tendrá que pagar una multa de 543 euros en quince días."

Me entregó la multa, sus ojos me desafiaban a hacer otra broma.

"Entendido," dije, tomando el papel. "No volverá a ocurrir."

Volvieron al coche sin mediar palabra. Mientras los veía alejarse, no pude evitar la sensación de que el universo se reía a mi costa.

Me incorporé a la autopista, esta vez manteniendo una velocidad respetable. Pero en cuanto me incorporé a la circulación, me fijé en otro Alfa Romeo, con matrícula de San Marino. Me había seguido desde Mónaco y casi me había olvidado de él con la emoción.

"Bien. Porque un seguidor no era suficiente," refunfuñé.

El mensaje de Elijah llegó a mi móvil: "Objetivo en movimiento. Enviando localización en tiempo real."

Aparece un mapa con un punto parpadeante en dirección al Palazzo di Giustizia di Milano.

"El tiempo corre," pensé, con un hormigueo de urgencia en la nuca.

Necesitaba perder la sombra sin llamar más la atención. Acelerar el Ferrari era imposible. En su lugar, tomé la siguiente salida, desviándome hacia un laberinto de calles laterales que serpenteaban a través de un polígono industrial. Los almacenes se alzaban a ambos lados y los grafitis añadían toques de color a las fachadas grises.

El Alfa de San Marino me siguió, vacilando en la curva, "a ver cómo te va, ¿no?"

Tomé callejones estrechos y curvas cerradas, el Ferrari maniobraba con elegancia cada giro. El Alfa luchaba por mantener el ritmo y, por un momento, sentí un rayo de esperanza.

Pero entonces reapareció en el espejo, terco como siempre.

"Persistente. Lo reconozco."

Al ver un mercado muy concurrido, aproveché la oportunidad. Aparqué entre un camión de reparto y un Fiat desgastado, apagué el motor y cogí mi mochila.

Me mezclé entre la multitud de compradores y me moví con rapidez; la cacofonía de voces y aromas me cubría perfectamente. Productos frescos, especias y el chisporroteo de la comida callejera llenaban el ambiente: una sobrecarga sensorial que enmascaraba mi huida.

Entré en un pequeño café y me senté junto a la ventana. Pedí *un espresso* y miré el Alfa que pasaba lentamente, el conductor me buscaba entre la multitud con el ceño fruncido y frustrado.

"Hoy no," susurré, dando un sorbo al café fuerte y amargo.

Otro mensaje de Elijah iluminó mi pantalla: "Objetivo en dirección a Via Freguglia. Tienes veinte minutos."

"Es justo," murmuré.

Dejé unos euros sobre la mesa, salí del café y llamé a un taxi.

"Palazzo di Giustizia, por favor. Via Freguglia," le indiqué.

El conductor asintió, encajando en el tráfico. "¿Un caso importante hoy?" Preguntó.

"Podría decirse que sí," respondí, mirando por los retrovisores en busca de señales del Alfa.

***

11

Panorama general
Milán, Italia

Encontré al juez Paolo Benetti sentado en su Audi A6, estacionado en doble fila en una calle estrecha del distrito CityLife.. Por encima se alzaban elegantes rascacielos que proyectaban largas sombras que cortaban la tarde milanesa. Era un laberinto moderno construido sobre calles antiguas, un escenario apropiado para un hombre atrapado entre un viejo amor y una pérdida reciente.

Observó la hilera de pisos de lujo, probablemente buscando lo que una vez había llamado hogar. Según Elijah, su ex mujer todavía vivía allí. Debe de ser emocionante volver a visitar el escenario de un desastre matrimonial.

Probé la puerta del pasajero. Cerrada. Por supuesto. Fui al lado del conductor y llamé a la ventanilla. Levantó la vista, sobresaltado, y sus ojos se entrecerraron al reconocerme.

"¿Cuál es tu problema?" Preguntó, abriendo la ventanilla lo justo para dejar salir su irritación.

Sin palabras, saqué el móvil y lo apoyé contra el cristal. La foto llenó la pantalla: él y Francesca en Monte Argentario, un intercambio de sobres. No era exactamente un retrato de familia.

Su rostro palideció. "¿Qué es ésto?"

"No se vé bien para un juez," dije. "Cualquiera que vea esto podría pensar que estás siendo sobornado."

Frunció el ceño. "Eso es ridículo. Me dio billetes de *ferry* a Isola d'Elba. Eso es todo. Pensé..." Dudó. "Pensé que era su manera de invitarme a reunirme con ella allí."

Me encogí de hombros. "Nadie más sabe lo que hay en ese sobre. Podría estar lleno de dinero. Y teniendo en cuenta que Francesca es abogada de la Cosa Nostra..."

Parpadeó rápidamente. "Espera. ¿Francesca es qué? ¿Me estás diciendo que el accidente de Vespa, todo, fue una trampa?"

"Sí."

"¿Para Cosa Nostra?"

"Sí," dije, subrayando la *i*. "Pero la DIA también está implicada. Tiempos divertidos."

Me miró como si hubiera dicho que Papá Noel era un asesino. "¿Así que me utilizaron? ¿Me incriminaron?"

Saqué las fotos del sobre: imágenes granuladas de francotiradores y figuras sombrías de aquel día en el Monte Argentario. "Estaban planeando una emboscada. Tú eras el invitado de honor. Y la DIA no parecía muy preocupada por mantenerte a salvo."

Apretó la mandíbula. "Esos bastardos."

"Ahora pueden apuntar a su ex mujer y a su hija. Como puedes ver, la DIA no está precisamente jugando al ángel de la guarda. Pasarán por encima de cualquiera para conseguir lo que quieren."

Murmuró entre dientes: "DIA. DIA. DIA *di merda*."

Pensé en cómo Elijah había recuperado mi cámara y en cómo las fotos se habían convertido en mi póliza de seguros. Entregadas personalmente en aquel sobre en Venecia. A veces la paranoia da sus frutos.

"Este es el trato," le dije. "Abandonas el caso del AC Milan. Te vas. Y te garantizo que nada de esto caerá sobre ti o tu familia."

Me miró con cautela. "No se trata sólo del AC Milan. Te estás perdiendo la visión de conjunto."

Me encontré con su mirada. "Créeme, veo el elefante en la habitación. Me ocuparé de ello."

Sacudió lentamente la cabeza. "Crees que lo sabes todo, pero no es así," dijo levantando el vaso.

Retrocedí mientras él se alejaba y el Audi se incorporaba al río de tráfico. El distrito CityLife brillaba a mi alrededor, todo cristal y acero intentando eclipsar siglos de historia. Pero bajo el revestimiento moderno, se seguían jugando los viejos juegos.

***

La ciudad bullía a mi alrededor: los motores de las vespas resollaban, los vendedores ambulantes vendían castañas asadas y el lejano lamento de una sirena se colaba entre el bullicio. Necesitaba moverme.

Saqué el móvil y pedí un Uber. Mientras esperaba, le envié a Francesca un mensaje seguro: "Nos vemos en Como para comer. Ven en tren, no en coche. Te recogeré en la última parada. Mándame un mensaje 30 minutos antes de llegar."

Ella respondió casi de inmediato: "Vale, te echo de menos. He comido demasiados *cappellacci di zucca* :-)."

No pude evitar sonreír. Francesca solo pensaba en *pasta* rellena de calabaza en medio de todo esto.

El Uber me dejó cerca de donde había dejado el Ferrari de Renaud. Cuando me acerqué, vi a dos hombres de pie cerca, fingiendo estar absortos en una conversación pero lanzando miradas furtivas al coche. Eran tan sutiles como un toro en una cacharrería. Sabían que nadie en su sano juicio abandonaría un Ferrari de la noche a la mañana en una calle de Milán.

"Genial," murmuré, "compañía."

Me acerqué al coche, haciendo sonar las llaves en mi mano. Uno de los hombres se adelantó.

"Lo siento," dijo en un inglés muy acentuado. "¿Tiene tiempo?"

Miré el reloj. "Las nueve y cuarto."

Asintió con la cabeza, pero sus ojos no estaban en mi cara, me escrutaban, me evaluaban.

Me encontré con su mirada. "Bonita tarde para pasear, ¿no crees?"

"Sí," respondió, con un atisbo de sonrisa en los labios.

Abrí el Ferrari y me senté en el asiento del conductor. Mientras me alejaba, miré por el retrovisor. Y, efectivamente, un coche negro salió tranquilamente del aparcamiento junto al bordillo y se colocó unos cuantos coches detrás de mí.

"Aficionados," pensé.

Conduje por las laberínticas calles de Milán y me dirigí a la autopista A7. La noche de diciembre ya había caído, las luces de la ciudad brillaban en contraste com el cielo oscuro. Necesitaba perder a esos tipos antes de llegar a Como.

Cuando entré en la autopista, el coche negro mantuvo la distancia. Pero entonces otro coche –un Alfa Romeo plateado– entró en juego, bajando por una rampa delante de mí.

"Así que me has pillado en una maniobra de pinza," reflexioné. "Qué mono."

El Alfa de delante empezó a frenar, obligándome a reducir la velocidad. El coche negro se acercó por detrás.

Agarré el volante. "Si me detengo, ¿qué harán? Probablemente nada. Si me quisieran muerto, ya estaría flotando en el *Naviglio Grande*."

Me estaban guiando, tratando de dirigirme a una salida. Probablemente donde más de sus amigos estaban esperando.

"Es hora de reescribir el guión."

Bajé una marcha y me desvié hacia el carril de la izquierda, acelerando. El Ferrari respondió con un rugido y me adelantó. El Alfa intentó mantener mi velocidad, pero yo rodeé un camión a paso de tortuga, creando una distancia preciosa.

Miré por el retrovisor y vi que el coche se esforzaba por seguirme. El tráfico se espesó al acercarnos a una zona en obras: conos naranjas y luces intermitentes crearon un cuello de botella.

Ví un hueco: un estrecho carril de servicio bloqueado por una barrera endeble. Sin dudarlo, me desvié bruscamente hacia la barrera. El Ferrari dió una sacudida, pero se mantuvo estable.

"Lo siento, Renaud," murmuré, "te conseguiré un cuadro nuevo."

El carril de servicio se curvó bruscamente antes de escupirme hacia una carretera secundaria. El GPS recalculó frenéticamente mientras me alejaba de la autopista. Durante unos tensos minutos, navego por las carreteras secundarias, con los oscuros campos de Lombardía extendiéndose a ambos lados. En el retrovisor no se veían faros.

Para garantizar la seguridad, decidí gastarles una broma. Encontré una señal que apuntaba a Génova y la seguí, incorporándome a la A26 en dirección sur de vuelta a la costa.

"Les haré creer que me escapo a Mónaco."

Al cabo de media hora, convencido de que los había perdido, tomé una salida y volví hacia el norte, retomando la A8 en dirección a Como.

La carretera serpenteaba entre las colinas, la luna proyectaba un resplandor plateado sobre el paisaje. Cuando llegué a Como, la ciudad estaba bañada por las suaves luces de la noche, el lago reflejaba las estrellas como un espejo.

Tomé la SP583, la ruta panorámica de la costa este. La carretera serpenteaba y giraba abrazando los contornos del lago. Era un sueño para cualquier conductor: curvas cerradas, descensos repentinos y el agua brillando a mi lado.

Mientras sorteaba las curvas, mi mente volvía a la advertencia del juez. "Te estás perdiendo la visión de conjunto," me había dicho. Sabía exactamente lo que quería decir. Había estado ciego una vez en mi vida, había sido sólo un peón, pero no ahora. Aunque estuviera en un laberinto, era yo quien lo escribía. Yo podía decidir la siguiente página de mi vida. Bueno, casi. No cuando se trataba de Mariangela.

Sonó el mensaje de Francesca, interrumpiendo mis pensamientos: "Estaré allí mañana a las 12.30."

"Perfecto," pensé. "Me da tiempo a preparar las cosas."

Aparqué en el hotel con vistas al lago. El agua estaba tranquila y en calma, a diferencia de la tormenta que se avecinaba en mi interior.

Al menos por esta noche, iba por delante. Pero en este juego, las tornas pueden cambiar en cualquier momento.

***

12

Una mano amiga
Lago de Como, Italia

Miro el móvil: un mensaje de Francesca ilumina la pantalla. "Estaré en Como en 30 minutos," decía. El tiempo justo para un chapuzón. La piscina del Mandarin Oriental se extendía sobre el lago de Como como un zafiro caído del cielo, acogedora incluso con el frío de diciembre. El día estaba nublado pero seco, de ese gris que hace que el agua y el cielo se confundan.

Me puse rápidamente el bañador y bajé las escaleras, preparándome para el aire fresco que me recibió al salir. La piscina climatizada, con su superficie que se evaporaba suavemente, era un agradable contraste, y me metí en el agua caliente, sintiendo que mis músculos se relajaban casi al instante. Con cada brazada, dejé que mi mente divagara, el suave chapoteo de la piscina contra el lago calmaba de algún modo los turbulentos pensamientos que arrastraba.

Francesca debería estar aquí, pensé. El lago Como no estaba hecho para la soledad. Este lugar, con sus paisajes perfectos y su tranquila elegancia, exigía ser compartido con alguien. Alguien que pudiera apreciar plenamente su belleza, su magia, como haría

Francesca. Un baño en el lago o una tarde en su orilla sin ella parecían... equivocados. Vacío.

Después de nadar un poco, salí y me envolví en una de las esponjosas toallas que se sentían como un cálido abrazo. El aire frío me mordía la piel, pero mis pensamientos estaban en otra parte: en Francesca, en el viaje que tenía por delante, en cómo estar con ella hacía que todo pareciera un poco más luminoso. Borrar el pensamiento de la boda de Mariangela con Mateo era un reto para otro día, uno que se acercaba demasiado rápido. No me demoré. Tenía el tiempo justo para llegar al muelle privado del hotel.

Cuando llegué, el barco Riva ya estaba esperando, meciéndose suavemente contra el muelle. El capitán me hizo un gesto de comprensión mientras subía a bordo. Me acomodé en el asiento y el zumbido del motor vibró bajo mis pies mientras cruzábamos el lago.

"¿A Como, señor?" Preguntó.

"Sí, por favor. ¿Y puede esperarnos allí? Volveremos pronto."

"Por supuesto."

La embarcación surca el lago con facilidad, con el ruido sordo del motor mezclado con el suave chapoteo del agua contra el casco. La ciudad de Como emergió de la niebla, con sus tejados de terracota y las agujas de sus iglesias pintando un pintoresco horizonte.

En el muelle, observo a los pasajeros que llegan. El tren de Francesca llegó con diez minutos de retraso, lo que me permitió observar. Las familias se rodeaban de abrazos, los turistas consultaban mapas, pero nadie parecía prestarme mucha atención. Si la seguían, lo disimulaban muy bien.

Por fin la vi, un torbellino de energía entre la multitud, con su pelo oscuro reflejando la luz mientras se movía. Me vio y me saludó con la mano, con una sonrisa genuina en la cara.

"Siento llegar tarde," dijo al acercarse.

"No hay ningún problema. Al parecer, los trenes italianos tienen una relación complicada con el reloj."

Volvimos al barco. Cuando nos alejamos del embarcadero, Francesca miró hacia el agua y sus ojos reflejaron el azul intenso del lago.

Apareció el Mandarin Oriental, una obra maestra de la arquitectura italiana enclavada entre exuberantes jardines, con una fachada grandiosa y acogedora. Los balcones del hotel se inclinaban hacia el lago y cada nivel ofrecía una vista más impresionante que el anterior.

Francesca dejó escapar un silbido bajo. "No bromeabas."

Desembarcamos y un portero recogió rápidamente su maleta. Mientras caminábamos por los pasillos de mármol del vestíbulo, miró a su alrededor con aprecio.

"Definitivamente, esto es mejor que el piso franco de Ferrara," dije con una sonrisa.

Se rió. "Un poco más chic."

Entramos en la sala: un vasto espacio acristalado, el lago más allá como una lámina de hierro gris bajo el cielo invernal. Estaba diseñado con una sutileza de líneas modernas y el recuerdo de la elegancia italiana. Dejé su mochila en el suelo y su peso se posó silenciosamente sobre la piedra pulida. Francesca estaba allí y su presencia llenaba el espacio entre nosotros.

"Te echo de menos," susurró. Las palabras no sólo fueron pronunciadas; fueron casi exhaladas, un soplo de sonido que parecía resonar con la quietud del lago. "Es como si te conociera desde siempre. Contigo, incluso el agua tiene un sabor diferente, intenso."

Sus palabras se quedaron en una promesa indefinida. Avanzó, sus labios se encontraron con los míos, la urgencia suavizada por la ternura. El caos del mundo se redujo a un murmullo tras el encierro de nuestro abrazo.

Sus manos buscaron mi cuello y me acercaron. Mis manos recorrieron el arco de su espalda. El frío de la habitación contrastaba con el calor que generábamos, un contraste que agudizaba los sentidos. Su sabor era nostalgia, endulzada por el tiempo separados, y sus labios eran deseos sin palabras.

El beso se fue intensificando poco a poco. Sus dedos trabajaron en mi camisa y la tela se separó bajo sus toques precisos. Nuestras respiraciones se entrelazaron, rápidas e irregulares. La levanté, guiando mis pasos hacia el balcón. El aire exterior nos mordía la piel, el frío invernal un contrapunto a la calidez que brotaba de ella, convirtiendo cada escalofrío en un secreto compartido.

Francesca se apoyó en la balaustrada del balcón, el frío mármol contra su piel, atemperado por el calor entre nosotros. El lago de Como se extendía inmenso, una fuerza tranquila bajo el cielo nublado. Allí, elevados y aislados, parecíamos ser los únicos habitantes de un mundo suspendido.

"No pares," me murmuró al oído, con su voz aterciopelada sobre el fondo de la mañana. Nos movíamos juntos, una danza de ritmos antiguos e innatos, en la que cada gesto se apoyaba en el anterior y se convertía en una fuga de suspiros.

La amplitud de la sala abrazaba nuestros movimientos, nuestras emociones se expandían libremente, entrelazadas con los sutiles sonidos del agua. La lujosa decoración absorbió el fervor de nuestro reencuentro, un llamativo contraste que intensificó cada sensación.

A medida que nuestro ritmo se aceleraba, también lo hacían nuestros latidos, cada pulso un marcador de emociones guardadas durante mucho tiempo, historias acumuladas durante días de separación. Cuando llegamos al clímax, el tiempo pareció detenerse, el viento frío del lago se mezcló con el calor de nuestra unión, forjando una tormenta de sensaciones.

Después, nos envolvimos el uno en el otro, las frescas sábanas de seda contrastando con nuestra cálida piel. Fuera, el suave murmullo del Lago di Como cantaba una nana, nuestra respiración se ralentizaba y la paz nos envolvía tan completamente como las lujosas cortinas del dormitorio.

Pero mientras nos quedábamos allí, con el sol de la mañana tardía derramando su calor en la habitación, creaba una sombra que se infiltraba en mis pensamientos. A pesar de la magia del momento con Francesca, los recuerdos de Mariangela y su próxima boda con Mateo se entrometían, agriando la dulzura. Su capacidad para oscurecer incluso los momentos más brillantes era extraordinaria.

"Mateo pagará por ésto," pensé amargamente, el residuo de heridas más profundas mezclándose con mi alegría actual.

Tratando de alejar la inoportuna intrusión, me volví hacia Francesca, forzando una sonrisa. "Apuesto a que tienes hambre. ¿Qué tal si vamos a comer?"

Sonrió, pasando un dedo por mi brazo. "Sólo si incluye más de esa *pasta de* calabaza que me obsesiona."

"Cappellacci di zucca," dije riendo.

Nos vestimos y bajamos. El restaurante del hotel tenía una terraza que parecía flotar sobre el lago. Tomamos una mesa cerca del borde, con el agua extendiéndose frente a nosotros como un lienzo pintado.

Mientras esperábamos la comida, se hizo un silencio confortable entre nosotros. Francesca se reclinó en su silla, con las gafas de sol ocultando sus ojos, pero no la sonrisa de satisfacción de su rostro.

"Sabes," empezó, "es casi fácil olvidar todo lo demás cuando estás aquí."

"Casi," asentí, aunque mi mente ya daba vueltas al laberinto que nos esperaba más allá de ésta serena burbuja.

Pareció leer mis pensamientos. "¿Alguna noticia sobre la situación?"

"Nada concreto," mentí. "Pero no nos preocupemos por eso ahora."

Ella asintió, aceptando el respiro temporal. Llegó nuestra comida y nos sumergimos en los ricos sabores, una agradable distracción.

Durante el postre, cruzó la mesa y me cogió la mano. "Gracias por esto. Por todo."

Le di la mano suavemente. "No me des las gracias todavía."

Enarcó una ceja. "¿Debería preocuparme?"

Le ofrecí una sonrisa irónica. "Digamos que el día aún no ha terminado."

Se rió ligeramente. "Contigo, nunca se acaba."

Mientras terminábamos de comer, no podía evitar la sensación de que ésta era la calma que precede a la tormenta. Pero por ahora, sentado aquí con Francesca, el peso del mundo parecía un poco más ligero.

***

Después de comer, le dije a Francesca que tenía algunos asuntos que atender.

"¿Aquí?" Preguntó.

"Sólo una reunión rápida. No tardaré," le aseguré.

"Bien. No te pierdas por ahí."

"Nunca."

La dejé en la comodidad del hotel y me dirigí al muelle donde me esperaba el barco Riva, cuya caoba pulida brillaba incluso bajo el cielo nublado.

"¿A Villa d'Este en Cernobbio, señor?" Preguntó el capitán mientras subía a bordo.

"Sí, por favor."

El barco surcaba las tranquilas aguas del lago de Como, con el aire frío impregnado del olor a lluvia inminente. El lago era un inmenso espejo que reflejaba los grises oscuros del cielo de diciembre, con las montañas circundantes envueltas en niebla como gigantes dormidos.

A medida que nos acercábamos a Villa d'Este, la niebla se disipó ligeramente para revelar la grandeza de la finca, una reliquia del Renacimiento, cuya imponente forma contrastaba con la extensión verde. Los jardines en terrazas de la finca descienden hasta el lago, un collage de setos bien recortados y estatuas clásicas.

Los recuerdos se agolpaban en los bordes de mi mente. Fue aquí, años atrás, donde conocí a Mariangela a través de su amiga Chiara. Una misión para el padre de Chiara me había puesto en su órbita: un torbellino de arte, intriga y el tipo de amor que deja huella.

Entré en el muelle, el viento me mordía, cortante como el recuerdo que llevaba conmigo. Alessandro Savino me estaba esperando, flanqueado por dos hombres, sus amplias estaturas y miradas controlaban la atmósfera, una vieja precaución. Ex-Mossad, si tuviera que adivinar.

"Leamas," su saludo fue frío, desprovisto de pretensiones.

"Alessandro," mi voz igualó a la suya en falta de calidez. "Gracias por reunirte conmigo."

Hizo un leve gesto con la cabeza hacia el jardín, "camina conmigo."

Avanzamos por el camino de grava, el crujido bajo nuestros pies era el único sonido mientras dejábamos atrás oídos indiscretos. Los altos cipreses formaban un corredor natural, con sus ramas entrelazadas para protegernos de los elementos y de las miradas indiscretas. El lago se asomaba entre el follaje, una presencia constante y tranquilizadora.

"¿Qué te trae por aquí?" No me miraba, sus ojos estaban fijos en el camino.

"Una propuesta," empecé, consciente del peso de mis palabras. "Mutuamente beneficiosa."

Se rió, un sonido seco sin gracia. "Tu última propuesta me costó el control de mis empresas. Chiara puede perdonarte; yo no."

Me detuve. "Pero evitaste la cárcel. Sin mi intervención, tus pérdidas habrían sido incontrolables."

Se detuvo, se volvió hacia mí, con expresión tensa. "Y al actuar, le pasaste todo a Chiara. Me quitaste mi legado."

Le miré directamente a los ojos. "Chiara era, y sigue siendo, la elección correcta."

Sus ojos se entrecerraron. "¿Qué quieres, Leamas?"

"AC Milan," dijo simplemente. "Es vulnerable. Hay un juego en marcha, involucrando sus empresas y con beneficios sustanciales."

Enarcó una ceja. "¿Por qué arriesgarse?"

"Poder," dije. "Recuperado para ti."

Luego me miró, buscando algún tipo de juego traicionero, sin encontrar ninguno. "¿Y tú?"

Le entregué un sobre que había sacado de mi chaqueta. "Considera esto una muestra de buena fe."

Lo abrió y sus ojos recorrieron el contenido: un baile de palancas y pruebas.

"¿De dónde has sacado esto?"

"Tengo mis fuentes," respondí.

Guardó el sobre. "Encuentras lo que no se puede encontrar."

Seguimos caminando, con el olor húmedo de la tierra y el espeso cedro a nuestro alrededor.

"¿Qué quieres realmente, Leamas?"

"Un trato rápido y discreto," dije, con una verdad parcial y oscura.

Se rió, creando un eco oscuro entre nosotros. "Todavía envasada."

"De acuerdo," cedí, "necesito desmantelar una red. Esta adquisición es la clave."

Asintió, lento y contemplativo. "¿Y Mariangela? Chiara me ha dicho que se va a casar."

Me enderecé. "No se trata de ella."

Su mirada era cómplice, con una ligera inclinación de cabeza. "Ten cuidado, Leamas. *Las vendetas* nublan el juicio."

Llegamos a un lugar apartado, un banco frente al agua. Se detuvo, pensativo. "Me quieres en tu juego. Una pieza de tu rompecabezas, un peón en tu gambito."

"No sólo una pieza o un peón," corregí, "una salida de un laberinto para los perdidos en él."

Suspiró, su aliento visible en el frío. "Lo consideraré."

"El tiempo apremia," le recordé.

Sonrió. "Como siempre contigo."

Cuando volvimos, mencionó a Chiara. "Ella cree que puedes salvarte."

"¿De qué?" Pregunté en voz alta.

"De ti mismo."

Al final del camino, nos dimos la mano, con un desafío tácito sobre nosotros.

"Hasta la próxima," se despidió secamente.

"Alessandro."

Cuando regresé al muelle, sentí que el peso de la conversación se calmaba. Alessandro era un hombre que jugaba sus cartas cerca del pecho. Aceptar mi propuesta era lo máximo a lo que podía aspirar por el momento.

El capitán me saludó cuando subí a bordo del Riva. "¿De vuelta al hotel, señor?"

"Sí, gracias."

El barco se deslizaba suavemente por el lago, el agua era ahora una pizarra oscura bajo la luz mortecina. El cielo amenazaba lluvia y el aire estaba helado.

Me eché hacia atrás y dejé que el ruido del motor ahogara mis pensamientos. El encuentro me había traído recuerdos: Mariangela, Chiara, las decisiones que me habían traído hasta aquí. Las palabras de Alessandro resonaron en mi mente.

"Cree que puedes salvarte."

Cuando el hotel se hizo visible, me preparé para enfrentarme a Francesca. El laberinto por el que navegaba tenía demasiadas curvas, demasiadas sombras y Francesca estaba entrelazada en ellas.

Al dejar el barco, atravesé el opulento vestíbulo. La calidez del interior contrastaba con el frío del exterior. Encontré a Francesca en el salón de la biblioteca, con un libro abierto en el regazo, aunque parecía más interesada en la crepitante chimenea.

"¿Vuelves tan pronto?" Preguntó, levantando la vista.

"La reunión fue más corta de lo que esperaba."

Cerró el libro, estudiándome. "¿Va todo bien?"

"Sólo negocios," le dije, dedicándole una sonrisa tranquilizadora.

No parecía convencida, pero lo dejó pasar. "¿Me acompañas a tomar algo?"

"En realidad, quizá suba a descansar. Estoy un poco cansada."

Asintió lentamente. "Por supuesto. No quiero encerrarte."

"¿Quizás más tarde?"

"Por supuesto," dijo ella.

Me retiré a mi habitación y cerré la puerta tras de mí. La vista desde la ventana era el lago envuelto en la oscuridad, las luces de los pueblos lejanos titilando como estrellas caídas en la tierra.

Sentado en el borde de la cama, dejé escapar un largo suspiro. Las piezas se movían, pero el tablero distaba mucho de estar despejado. Alessandro podía ayudar, pero no había garantías. Y el tiempo se agotaba.

Saqué el móvil del bolsillo y envié a Elijah un mensaje seguro: "El águila está considerando volar. Prepara el nido."

La respuesta llegó unos instantes después: "Entendido."

Guardé el móvil y me tumbé, con el techo lleno de sombras. El sueño no llegaría fácilmente, pero cerré los ojos, dejando que los sonidos del lago llenaran el silencio.

En algún lugar, el minotauro estaba esperando. Y yo me estaba quedando sin hilo.

***

13

La revelación central
Nueva York, EE.UU.

De pie en el andén de la estación de Como San Giovanni, el aire de diciembre era tan frío que parecía que te mordía la piel. Francesca se ajustó la bufanda, sus ojos escudriñaron mi rostro en busca de algún signo de tranquilidad.

"¿Estás seguro de esto?" Preguntó, mientras su aliento formaba pequeñas nubes entre nosotros.

"Ferrara es el lugar más seguro para ti ahora. La casa está fuera de la red; a nadie se le ocurrirá buscarte allí."

Frunció ligeramente el ceño. "¿Y tú?"

"Tengo algunos asuntos pendientes de los que ocuparme," dijo, desviando la pregunta. "Quédate donde estás hasta que tengas noticias mías."

El silbato del tren cortó el aire, un último aviso de embarque. Se acercó a mí y me besó. "Ten cuidado, Leilac."

"¿No lo hago siempre?" Ofrecí una media sonrisa.

Sacudió la cabeza.

Con un gesto de desgana, subió al tren. La observé mientras se sentaba junto a la ventanilla, sin dejar de mirarme. Cuando el tren se alejó, levantó una mano para saludarme. Me quedé allí hasta que el último vagón desapareció por las vías y el ruido lejano se convirtió en silencio.

Me di la vuelta y regresé al Ferrari prestado, cuyas curvas rojas brillaban bajo el débil sol invernal. Había llegado el momento de devolver esta bestia a su legítimo propietario y hacer frente a cualquier ira que pudiera surgir con las nuevas cicatrices de batalla que adornaban su parte delantera.

El viaje hacia el este me llevó por el paisaje familiar de Lombardía hasta el Véneto. La autopista estaba misericordiosamente despejada y pronto llegué a Padua. Los recuerdos de los últimos días estaban borrosos: reuniones envueltas en la niebla, alianzas formadas y rotas, la sombra siempre presente del laberinto por el que navegaba.

Al entrar en la casa de Renaud, me di cuenta de que su gusto por la opulencia no había disminuido. Su *villa* parecía un castillo fuera de lugar entre las modestas casas italianas. Aparqué el Ferrari junto a su McLaren, el contraste entre los dos coches era un testimonio de su exceso.

Renaud salió de la casa con un pañuelo de seda al cuello a pesar de la suave tarde. Sus ojos se fijaron inmediatamente en los arañazos de la rejilla y el capó.

"*Mon Dieu*, ¿qué has hecho con él?" Exclamó, con las manos alzadas en teatral desesperación.

"Considéralas marcas de belleza," le dije, lanzándole las llaves.

Los cogió con el ceño fruncido. "Esto no es cosa de risa, Leilac. Sabes cuánto cuesta..."

"¿Fue útil la información de Camilla?" Interrumpí.

Se detuvo, sus quejas muriendo en sus labios. Una lenta sonrisa sustituyó a su irritación. "Ah, sí. Bastante útil, en realidad. Justo lo que necesitaba."

"Me alegra oírlo." Miré mi reloj. "¿Tienes lo que te pedí?"

Asintió y metió la mano en la chaqueta. "Toma," dijo, entregándome un sobre delgado. "Ya está arreglado."

Lo metí en mi chaqueta sin mirar dentro. "Te lo agradezco."

Enarcó una ceja. "Siempre has sido un hombre discreto."

"Viejos hábitos." Me encogí de hombros. "¿Te importaría llevarme al aeropuerto?"

Suspiró dramáticamente. "Supongo que llevarte lejos es lo menos que puedo hacer después de que hayas destrozado mi coche."

Sonreí. "Piensa que añade carácter."

Mientras conducíamos hacia Venecia, Renaud no pudo resistirse a una última provocación. "La próxima vez que te presten un coche, quizá deberías elegir algo menos... insustituible."

"Lo tendré en cuenta," respondo, mientras veo pasar la vasta extensión de la provincia del Véneto. El sol de invierno estaba bajo en el cielo y proyectaba largas sombras sobre los campos.

Llegamos al aeropuerto Marco Polo con tiempo de sobra. Renaud se detuvo en la zona de llegadas y yo me bajé, cogiendo mi maleta del asiento trasero.

"Buen viaje," dijo, aunque su tono sugería que dudaba de esa posibilidad.

"Siempre es un placer," le contesté.

En cuanto me giré para entrar en la terminal, mi móvil vibró. Un mensaje de Alessandro: "Estoy dentro."

La última pieza estaba en su sitio. Me permití una breve sonrisa antes de volver a guardarme el móvil en el bolsillo.

Dentro del aeropuerto, el caos habitual de viajeros y anuncios me envolvió. Pasé el control de seguridad y encontré un rincón tranquilo cerca de la puerta para esperar el embarque. El vuelo a Nueva York me daría mucho tiempo para pensar: un lujo y una maldición.

Acomodado en mi asiento del avión, observo cómo Venecia se aleja bajo nosotros, los canales de la laguna tejiendo la ciudad como venas. Sonó la señal de abrocharse el cinturón y me eché hacia atrás, cerrando los ojos.

El rostro de Mariangela apareció en mi mente: su risa, la forma en que sus ojos se arrugaban en las comisuras cuando sonreía. Los recuerdos eran nítidos, teñidos de la amargura de los últimos acontecimientos. Probablemente estaba ultimando sus planes de boda con Mateo, ajena a las cadenas que tiraban de nuestras vidas.

Y luego estaba Francesca. Una Francesca inesperada y complicada. Había entrado en el laberinto a mi lado, navegando por sus vericuetos con una firmeza que nos sorprendió a ambos. Me pregunté si enviarla de vuelta a Ferrara había sido la decisión correcta. Mantenerla a salvo era primordial, pero la distancia tenía una forma de desenmarañar las cosas.

"Dos mujeres, dos caminos," pensé, "ambos llevan a finales inciertos."

Cogí mi cuaderno y lo saqué del bolso. Hojeé las páginas llenas de notas garabateadas y diagramas, encontré un espacio en blanco y empecé a anotar pensamientos. Planes, contingencias, las siempre cambiantes piezas del *rompecabezas*.

En algún lugar sobre el Atlántico, mientras las luces de la cabina se apagaban y el silencio del sueño se apoderaba de los pasajeros, miré hacia la oscura extensión exterior. Las estrellas brillaban a lo lejos, indiferentes a los dramas que se desarrollaban abajo.

"Quizá Alessandro tenía razón," reflexioné en voz baja. "Quizá estoy demasiado metido en éste laberinto como para encontrar una salida."

Pero por otro lado, el minotauro estaba esperando, y yo no era de los que se echaban atrás ante un desafío.

Cerré el cuaderno y me recosté, dejando que el silencioso zumbido de los motores me adormeciera en un sueño intranquilo, lleno de sueños fragmentados: susurros en dialectos sicilianos, el brillo de la sonrisa de Francesca, la fría mirada de Alessandro mientras sopesaba sus opciones.

Pronto llegaría la mañana y, con ella, el siguiente movimiento en una partida que estaba lejos de terminar.

***

Cuando aterricé en el aeropuerto JFK, el frío del aire de diciembre de la ciudad se abrió paso por la concurrida terminal, indiferente al calor de la ventilación. En cuanto tuve señal, saqué mi teléfono móvil seguro y envié un mensaje a Toscin.

"Todo confirmado," tecleé.

"Perfecto," respondió casi al instante.

Me abrí paso entre la multitud de viajeros cansados hasta la acera, donde paré un taxi. El conductor me saludó con la mano cuando le di la dirección de *The Core Club*, en la Quinta Avenida. Me esperaba un viaje de cincuenta minutos a través del laberíntico tráfico neoyorquino.

El *Core Club* era de lo más exclusivo, un lugar para quienes prefieren el lujo envuelto en discreción. Tenían una sucursal cerca del Duomo de Milán, pero para esa, bastaba con la versión de Manhattan.

Al entrar, la atmósfera del club me envolvió en un silencio de lujosa decadencia. Polly, mi editora, ya estaba allí, moviéndose entre los grupos de la élite de la ciudad con una elegancia que la hacía parecer flotar sobre los suelos de mármol. Sus rizos castaño claro rebotaban a cada paso, enmarcando un rostro que destilaba encanto pulido con un toque de juventud. Allí, en aquel capullo, estaba en su elemento, una reina en un castillo construido a base de acuerdos y sonrisas.

Nos instalamos en un rincón, lejos de miradas indiscretas.

"Así que, *El Laberinto del Escritor*," empezó, sus ojos centelleando. "¿Este está siendo escrito en tiempo real como el *Gambito del Peón*?"

Sonreí. "Tal vez."

Son rió. "Tú y tus secretos. Por cierto, me encantó nuestra pequeña escena en *Gambito del Peón*. Muy ingeniosa, ambientada en el Public Hotel: la invitación implícita al sexo, mi cortés negativa, y luego –sorpresa– el lector me encuentra en tu cama a la mañana siguiente."

"El arte imita a la vida," dije, dando un sorbo a mi Negroni.

Ella enarcó una ceja. "¿Ah, sí?"

Antes de que pudiera responder, vi una figura familiar que se dirigía al baño: un hombre con el que tenía que hablar. Me volví hacia Polly.

"Perdona, pero espera un momento," dije levantándome.

"No me hagas esperar demasiado," bromeó.

Me dirigí al cuarto de baño, empujando silenciosamente la puerta. Paul estaba en el lavabo, lavándose las manos, ajeno a mi presencia. Me acerqué y apreté un sobre contra su pecho.

"Lo sé todo," dije.

Dio un respingo, con los ojos muy abiertos al levantar la vista. "¿Qué demonios...?"

"Ábrelo." Así lo hizo, sus manos temblaban ligeramente mientras examinaba el contenido. Se hizo el silencio.

"Venderás el AC Milan a Alessandro," declaré. "Y la investigación contra ti desaparecerá."

Sacudió la cabeza. "No es lo que piensas. Hemos trabajado juntos durante años, sabes que se puede confiar en mí."

"Eso pensaba," respondí fríamente. "Pero entonces hiciste que Giorgio cortara mi último encargo, me retiraste la financiación, sabiendo que estaría en deuda con la Cosa Nostra. Me dejaste colgado cuando supiste que tenía pagos que hacer en tu nombre: para tus pequeños negocios en supermercados colombianos y esas aerolíneas *de* bajo coste."

"Lo estás malinterpretando," protestó. "Es más complicado que eso."

Le agarré la mano y le coloqué una memoria *USB* en la palma antes de cerrar los dedos en torno a ella.

"Está todo ahí, Paul." Hice una pausa, dejando que el peso de las palabras se asentara, mi mirada fija en la suya. "No tiene sentido mentir."

Respiré hondo mientras la tensión crecía entre nosotros.

"Me cortaste la financiación para endeudarme con la mafia." Otra pausa, el tiempo suficiente para ver sus ojos brillar de reconocimiento, ¿o era miedo? "Luego conspiraste con ellos para saldar mis deudas, con sobreprecio, por supuesto."

Me acerqué más, con la voz cayendo a un susurro áspero por la traición.

"Así podrías chantajearme para que hiciera tu trabajo sucio. Querías que hiciera caer al fiscal que investigaba tus operaciones con el AC Milan." Otra pausa, el silencio pesa. "Pensaste que utilizar a Mariangela sería la forma más fácil, a través de su ex novio, Mateo, una vez que descubriste que el fiscal es su tío."

Di un paso atrás, con la voz entrecortada por la rabia y el dolor.

"Arruinaste mi vida, Paul. Y no olvidemos tu implicación con Nemesis –todo el fiasco con Camilla, Baumann, esas fotos comprometedoras-, todo orquestado por ti para atraparme y llegar al fiscal."

Palideció, sin habla.

"Pero olvidaste un detalle," continué, "el juez Paolo Benetti. No tenías ni idea de que Francesca estaba con la DIA, manipulando a la

Cosa Nostra para que creyera que el juez estaba metido en vuestros planes. En realidad, la investigación sólo la llevaba el fiscal. Benetti estaba investigando a agentes corruptos de la DIA vinculados a la Camorra – corrupción interna. Estos agentes corruptos lo querían muerto, junto con miembros clave de la Cosa Nostra. Utilizaron a Francesca para montar una operación cerrada, planeando eliminar al juez en un fuego cruzado y culpar a Cosa Nostra. Yo impedí que eso ocurriera."

"¿Cómo te has enterado de todo esto?" Tartamudeó. "Lo juro, nunca ordené matar a nadie, y menos a un juez."

"El helicóptero que despegó cuando intentaron matar a Benetti era un Mil Mi-8. Nada discreto. La Camorra tiene acceso a ellos, no la DIA. Eso me dio una pista."

Se frotó las sienes y la desesperación se apoderó de su voz. "Escucha, podemos arreglar esto. Estás exagerando."

"No, Paul. Así es como va a ser. Vas a vender el AC Milan a Alessandro. Él lo mantendrá por un tiempo, entonces encontrarás una manera de pasarlo a los saudíes. Mientras tanto, convenceré al fiscal para que abandone el caso y salde mis deudas con la Cosa Nostra."

Me miró, derrotado. "No me dejas otra opción."

Es curioso cómo funciona."

Me di la vuelta para marcharme, pero me detuve. "Oh, ¿y Paul? Intenta engañarme otra vez y esas grabaciones acabarán en todos los medios importantes de aquí a Sicilia."

Asintió en silencio.

De vuelta a la mesa, Polly me miró con curiosidad. "¿Está todo bien?"

"Sólo un asunto de negocios inesperado," dije, volviendo a mi asiento.

"¿Quieres compartirlo?"

"Nada que te interese."

Se inclinó hacia delante, con un brillo juguetón en los ojos. "Subestimas mi curiosidad."

Sonreí. "Quizá escriba sobre ello en mi próximo libro."

Se rió. "Siempre haciéndome esperar."

Hablamos un poco más, pero mi mente ya estaba en otra parte, los engranajes girando. Por fin las piezas estaban encajando. Paul estaba acorralado, Alessandro estaba a bordo y, con un poco de suerte, el fiscal pronto me dejaría en paz.

Al despedirnos, Polly me miró largamente. "Cuídate, Leilac. Te ves... más pesado que de costumbre."

"Sólo el peso de desenredar un laberinto," respondí.

Sacudió la cabeza, sonriendo suavemente. "Siempre el rompecabezas."

Salí a la Quinta Avenida y me apreté la chaqueta contra el viento cortante. La ciudad se movía a mi alrededor a su ritmo implacable, ajena a las batallas clandestinas que se libraban en sus sombras.

Mi móvil vibró con un mensaje de Elijah: "Todo está listo por nuestra parte."

Le respondí: "Bien. Mantenme informado."

Mientras llamaba a un taxi, pensaba en mi siguiente movimiento. El minotauro estaba herido, pero aún no vencido. Aún quedaba trabajo por hacer.

"¿Adónde?" Preguntó el conductor.

"JFK," respondí, "y pisa el acelerador."

Mientras el taxi se incorporaba al tráfico, me permití un momento de reflexión. El laberinto se acercaba, pero estaba por ver si saldría ileso.

Pero siempre me han gustado los buenos retos.

***

14

Pistolas y corazones
Bérgamo, Italia

Yo estaba en la penumbra de la Città Alta, la antigua alma de Bérgamo, con la espalda apoyada en la fría e implacable piedra, cerca de la Cappella Colleoni. El aire era fresco, teñido del aroma de lluvia inminente, y el peso del momento me pesaba sobre los hombros. El ala de mi sombrero me cubría los ojos y mi abrigo oscuro me envolvía en un manto de anonimato. Desde aquel escondite, observé cómo el mundo que una vez conocí se desmoronaba ante mí.

Mariangela apareció al pie de la escalinata de la catedral y, por un momento, todo lo demás se desvaneció. Era una visión etérea con un vestido de seda color marfil que fluía a su alrededor como un velo de bruma matutina. El delicado encaje se aferraba a ella por todas partes, cada puntada era un recuerdo de la intimidad que habíamos compartido. Su velo, tan fino como una tela de araña, ondeaba suavemente con la brisa, dejando entrever un rostro que yo había memorizado en tiempos mejores.

Desde donde yo estaba, era imposible ver los ojos de Mariangela, pero su lenguaje corporal me lo decía todo. Su rostro, aunque sólo se vislumbraba a destellos, delataba la verdad bajo la fachada de novia sonrojada. La chispa que antaño la animaba parecía atenuada,

141

sustituida por algo más distante, más resignado. Sus labios, normalmente prestos a sonreír, estaban apretados en una línea firme y sin alegría. Aunque se movía con su elegancia habitual, parecía pesada, como una marioneta movida por hilos invisibles.

Su padre caminaba a su lado, alto y digno con su esmoquin, su pelo plateado en agudo contraste con las oscuras nubes que se cernían sobre ella. Su mano se posó ligeramente en el brazo de ella, un gesto que debería haber sido reconfortante, pero que parecía posesivo.

"¿Notó el temblor en sus pasos? ¿La forma en que su mirada parecía distante, desenfocada? ¿O estaba demasiado consumido por el deber y las apariencias para ver la agitación en el corazón de su hija?" Murmuré.

Las primeras notas de la marcha nupcial resonaron a través de las puertas abiertas de la Cattedrale di Sant'Alessandro Martire, cada acorde una daga atravesando la armadura que había construido a mi alrededor. Aquella melodía, antaño símbolo de esperanza y nuevos comienzos, se sentía ahora como un réquiem, disfrutando del amor que se me había escapado de las manos. La gran catedral, con sus siglos de ser testigo tanto de la alegría como de la desesperación, se erigía en juez silencioso de esta tragedia en desarrollo.

Debería haber sido yo el que estuviera allí arriba, esperando en el altar con el corazón en la garganta, mis ojos fijos en los suyos mientras ella caminaba hacia mí. Tendría que haber sido yo quien cogiera sus manos, prometiéndole toda una vida de momentos compartidos y besos robados. En lugar de eso, yo era un extraño que se asomaba a una vida que ya no me acogía, un fantasma que rondaba las orillas de su nueva realidad.

El cielo reflejaba mi tormenta interna, nubes oscuras que sangraban en tonos carmesí y violeta: un lienzo surrealista de una tormenta inminente. Era como si el propio cielo llorara conmigo, compartiendo la injusticia de todo aquello. El aire se volvió más pesado, la atmósfera se espesó con palabras no dichas y promesas abandonadas.

Apreté los puños en los bolsillos de la chaqueta y me clavé las uñas en las palmas de las manos. Cada fibra de mi ser me instaba a correr hacia ella, a alejarla de este camino que parecía tan equivocado. Pero, ¿qué podía ofrecerle ahora? Estaba enredado en el laberinto de un escritor, un mundo del que ella estaría mejor lejos.

Sin embargo, la duda me corroía, "¿realmente estaba eligiendo esto?" La forma en que sus hombros se inclinaron ligeramente, la vacilación de sus pasos al llegar al umbral de la catedral, señales de que tal vez su corazón no estaba en esta unión. Necesitaba saberlo, necesitaba estar seguro de que entraba por su propia voluntad. Porque la alternativa –que estuviera siendo coaccionada o sacrificándose por razones desconocidas– era un peso que no podía soportar.

Su mirada recorrió la plaza y, por un momento, imaginé que sus ojos se encontraban con los míos. Contuve la respiración y el mundo se redujo a nosotros dos.

"¿Me vio allí, un centinela silencioso en medio de la multitud? ¿O fue una ilusión de un hombre desesperado?" Me pregunté.

Se dio la vuelta y desapareció en el santuario poco iluminado donde la esperaba otro hombre. La realidad me golpeó con la fuerza de un tren de mercancías. Había llegado el momento. El telón final a cualquier sueño que hubiera albergado de un resultado diferente.

Una ráfaga de viento atravesó la plaza, trayendo consigo un tenue aroma a perfume de jazmín y un toque de cítricos. Era inhibidor, evocaba recuerdos de noches pasadas enredados en sábanas, amándonos, con risas y gemidos resonando hasta el amanecer. El dolor en el pecho se intensificó, un dolor físico que me robaba el aire de los pulmones.

No podía quedarme más tiempo. Verla partir como esposa de otro haría añicos la frágil compostura a la que me aferraba. Me di la vuelta, cada paso pesado como si estuviera cruzando arenas movedizas. El lejano sonido de las campanas de la catedral señalaba el comienzo de la ceremonia, y su sombría resonancia me perseguía por las calles empedradas.

Deambulaba sin rumbo fijo, con las fachadas del casco antiguo de Bérgamo como una mancha de color en mi periferia. La ciudad bullía a mi alrededor, ajena a la agitación que rugía en mi interior. Las parejas paseaban cogidas de la mano, los niños reían mientras perseguían palomas: la vida avanzaba mientras yo me quedaba al borde del pasado.

Me detuve en un tranquilo mirador y contemplé el paisaje. La ciudad moderna se extendía hasta el horizonte, en agudo contraste con la belleza intemporal de la Città Alta. Me pregunté dónde encajaba yo en este *rompecabezas:* un extraño atrapado entre dos mundos, sin pertenecer a ninguno de ellos.

Empezó a caer una lluvia ligera, las gotas besaban mi piel como lágrimas del cielo. Cerré los ojos e incliné la cabeza hacia atrás mientras la lluvia se mezclaba con el calor que resbalaba por mis mejillas. Tal vez fuera apropiado, una limpieza, por así decirlo, aunque no sirviera de mucho para lavar la tristeza.

"Ti amo," susurré en el vacío, las palabras se las llevó el viento. La quería. Probablemente siempre la querría. Pero el amor no bastaba para llenar el abismo que había crecido entre nosotros, excavado por decisiones y circunstancias que escapaban a nuestro control.

Respiré hondo, obligándome a aceptar la realidad. Mariangela era ya un capítulo de mi historia, un capítulo precioso pero cerrado. Aferrarme a los "y si..." sólo me encadenaría a un pasado que ya no existía.

Saqué el móvil del bolsillo, la pantalla se iluminó con mensajes que había ignorado. Entre ellos había uno de Francesca. Una punzada de culpabilidad me retorció las entrañas. Ella era otra pieza en este rompecabezas, este gambito, este laberinto, una que no podía descuidar.

Mientras guardaba el móvil en el bolsillo, la determinación se apoderó de mí como un manto. Aún quedaban batallas que librar, errores que corregir. Si no podía salvar mi propia felicidad, quizá pudiera evitar que otros corrieran la misma suerte.

Con una última mirada a las torres de la catedral que atravesaban el cielo cada vez más oscuro, me di la vuelta y me alejé.

La lluvia se intensificó, un aguacero constante que reflejaba la tormenta interior. Pero en medio del diluvio, surgió una extraña sensación de claridad. No podía cambiar el pasado, pero el futuro aún estaba por escribir.

***

Mientras me dirigía hacia el aparcamiento, buscando el coche de Mateo –un BMW X7, recientemente adquirido y conducido ese día por su hermano–, la lluvia cesó de repente, como si fuera una señal.

Es curioso cómo la fortuna de Mateo se había disparado. El hombre que no podía invertir en una *trattoria* ahora tenía un todoterreno de lujo que valía más que las casas de algunas personas. Claramente, casarse con la familia de Mariangela tenía sus ventajas. O tal vez había algo más: las sombras de la mafia tienen brazos largos.

Con la ayuda de Elijah, habíamos seguido al coche de Mateo durante días. Elijah había interceptado los códigos rodantes de la llave del BMW, una hazaña difícil dada la seguridad moderna, pero no imposible para alguien con sus habilidades. Me había enviado los códigos descifrados por ProtonMail, junto con un dispositivo escondido en aquel sobre de Venecia.

Junto al BMW, activé el dispositivo, probando los códigos hasta que hice clic: las puertas se abrieron.

"La ingeniería alemana se une a la astucia de antaño," murmuré, deslizándome hacia el interior.

Puse en la guantera el revólver Smith & Wesson modelo 422 del calibre 22, el mismo que me habían robado.

Encontrar a Cesare no había sido fácil. Con la ayuda de Toscin y la matrícula del coche que había utilizado en Lucca, le encontré. Resultó que Cesare no trabajaba para la mafia, como había sospechado al principio. Era un *freelancer*, un peón en el juego de otro. Un poco de persuasión y me devolvió la pistola, la que me había robado del coche en Elba.

Ahora serviría para un nuevo propósito.
***
El fiscal-tio de Mateo estaba en la boda, naturalmente. Me encontré con él cuando estaba abriendo su coche, preparándose para ir a la recepción. Al verle, me di cuenta de que Mariangela ya era la señora de Mateo. Cualquier esperanza que tuviera se evaporó.

Me acerqué discretamente, con el sombrero bajado para ocultar mi rostro a los demás invitados que circulaban por el aparcamiento. Todos sonreían y reían, felizmente ajenos.

"Fiscal Gallo," dije en voz baja mientras abría la puerta del coche.

Levantó la vista, sorprendido. "¿Te conozco?"

"Todavía no. Tenemos que hablar."

Miró a su alrededor. "Voy de camino a un evento familiar."

"No tardaré mucho." Le entregué un sobre y una memoria *USB*. "Tienes que presentar el caso contra el AC Milan."

Frunció el ceño. "¿Perdón?"

"En primer lugar, el club cambió de propietario el viernes pasado. Será público el lunes. Su investigación está a punto de quedar obsoleta."

Miró el sobre con desconfianza. "¿Y esto qué es?"

"Documentación de transacciones financieras – fondos ilícitos de Brasil canalizados a la cuenta de Mateo en el Banco BPM, blanqueados a través de empresas propiedad de un socio suizo, Baumann."

Su rostro se endureció. "Esa es una acusación seria."

"Efectivamente. Tal vez debería investigar a su sobrino y al señor Baumann, a menos que prefiera dejar que prescriban los delitos, lo que, casualmente, también dejaría que desaparecieran los presuntos delitos relacionados con el AC Milan."

Abrió el sobre y examinó el contenido. Su mandíbula se tensó.

"Estas operaciones fueron orquestadas por Renaud, un *maestro de* las finanzas con los dedos metidos en muchos pasteles. Las pruebas son... convincentes," pensé.

Levantó la vista, con un destello de ira en los ojos. "Me estás chantajeando."

Me encogí de hombros. "Prefiero pensar que estoy redirigiendo tu atención."

"¿Crees que puedes manipularme?"

"Fiscal, manipulación es una palabra fuerte. Sólo estoy presentando hechos. Usted tiene una opción: perseguir un caso que está a punto de colapsar, o hacer frente a la corrupción que le golpea más cerca de casa."

Respiró hondo. "¿Qué pasa con Baumann?"

"Ah, sí. El hombre que me amenazó con una demanda por difamación sobre el *Gambito del Peón*. Está en una encrucijada. Si monta un escándalo, se implica a sí mismo. Si se calla, será un problema menos para mí," pensé, con la mente acelerada. Pero en voz alta respondí, "es un pez gordo nadando en el mismo estanque que tu sobrino."

"No te saldrás con la tuya," advirtió.

Sonreí, "yo no soy el que tiene un sobrino blanqueando dinero."

Me miró fijamente, asimilando el peso de la situación.

"Mira," dije suavizando un poco el tono, "te ofrezco una oportunidad. Cierra el caso del AC Milan. Céntrate en los verdaderos criminales. Incluso podrías salvar la reputación de tu familia."

"¿Por qué debería confiar en nada de lo que digas?"

"Porque no tengo ninguna razón para mentir. Y quizá esto te ayude." Le entregué otro sobre y una memoria *USB*. "Habla con el juez Paolo Benetti en Milán. Verá que sus intereses coinciden."

Dudó antes de aceptarlas. "¿Qué hay aquí?"

"Pruebas de corrupción interna en la DIA – vínculos con la Camorra. El juez Benetti ha compilado un dosier muy completo. Podría hacer su carrera."

Me estudió un momento. "¿Por qué haces esto?"

"Digamos que estoy ordenando algunos cabos sueltos."

Miró a la iglesia y volvió a mirarme. "Si alguno de estos datos es falso...."

"No lo es. Pero el tiempo es esencial."

Asintió lentamente, la lucha desapareciendo de su postura. "Lo investigaré."

"Buen viaje, Fiscal."

Me di la vuelta y me alejé, dejándole de pie en medio del alegre caos de los invitados a la boda, ajeno a la tormenta que se avecinaba a su alrededor.

Mientras atravesaba el aparcamiento, no pude evitar volver la vista hacia las torres de la catedral. Mariangela estaría dentro, poniendo cara de circunstancias ante las cámaras. Quizá había elegido ese camino, o quizá la habían empujado a él. En cualquier caso, el capítulo se cerraba.

"Por atar cabos sueltos," murmuré, aunque el sabor era amargo.
***

15

El cheque parisino
París, Francia

París, casi en Navidad, era una postal de fiesta y luz. Hileras de bombillas brillantes caían en cascada por las avenidas, convirtiendo cada calle arbolada en un resplandeciente túnel de calidez. Sobre el austero cielo invernal, la Torre Eiffel se alzaba como una gigantesca estructura de luz, mientras el aroma de las castañas asadas se mezclaba con el fresco aire invernal. En los mercadillos, el ambiente se llenaba de vibrantes charlas, en las que lugareños y turistas se agolpaban en torno a puestos cargados de delicias festivas y regalos hechos a mano.

Estaba en Kong, el restaurante con cúpula de cristal que flotaba sobre los tejados de la ciudad, compartiendo un almuerzo tardío con Johanna, una vieja amiga cuya risa siempre había sido tan contagiosa como sincera. Desde nuestro punto de vista, París se extendía en un panorama de grandeza histórica y bullicio contemporáneo, el Sena como una cinta plateada que atravesaba la ciudad.

Justo cuando llegaron nuestros entrantes, mi móvil vibró sin cesar. Lo cogí y la pantalla se iluminó con un aluvión de notificaciones: todas apuntaban a noticias de última hora. Un *titular* tras otro, cada uno más dramático que el anterior.

"Varios agentes encubiertos de la DIA detenidos por corrupción," gritaba el primer titular. La foto de abajo mostraba al fiscal Gallo, aplomado como si acabara de obtener una importante victoria. Sonó otra alerta, revelando operaciones masivas contra la Camorra, con unos 150 millones de euros incautados. Y luego otro: "Prófugo de la Camorra detenido en Portugal después de 20 años."

La avalancha de mensajes culminó con uno de Toscin: "Francesca ha sido detenida en Roma."

No pude evitar sonreír, no de alegría, sino de pura ironía. Johanna, que se había fijado en el contorno de mis labios, se inclinó hacia mí y me preguntó, "¿qué te hace sonreír así? ¿Alguna mujer?"

"Estas mujeres me han hecho llorar," bromeé.

Dejo el teléfono y los mensajes se reflejan en la brillante mesa color crema.

Johanna se rió, sacudiendo la cabeza. "Sólo tú, Leilac."

Mientras ella saboreaba su vino, yo reflexionaba sobre las noticias. Cada revelación me parecía una vuelta de tuerca en un laberinto que había construido sin darme cuenta. La caída en desgracia de la DIA, el desmantelamiento de una facción de la Camorra y la detención de Francesca no eran hechos aislados; eran giros en un laberinto, cada uno de los cuales llevaba más lejos, una cadena de consecuencias que yo había puesto en marcha sin comprender del todo adónde conduciría el camino en última instancia.

Sin embargo, el encarcelamiento de Francesca fue inquietante. Estaba atrapada entre dos fuegos, era un peón en un juego mayor que ella intentaba jugar, pero que quizá nunca llegó a controlar del todo.

La gravedad de la situación no pasó desapercibida.

Las luces festivas de la ciudad centelleaban en el exterior, en marcado contraste con el sombrío giro de mis pensamientos. París, con su encanto inquebrantable, parecía disfrutar de la agitación que se desarrollaba en las noticias. Allí, la vida seguía su curso, imperturbable y aparentemente indiferente al caos que estallaba en otros lugares.

Mientras contemplaba la ciudad, empezó a formarse un plan. Francesca necesitaba ayuda y quizá, ayudándola, podría encontrar la redención para ambos. El juego estaba lejos de terminar, y mis próximos movimientos tendrían que ser calculados con precisión y cuidado.

Volviéndome hacia Johanna, forcé un tono más ligero. "Disfrutemos de París mientras podamos, ¿eh? Quién sabe lo que nos deparará el mañana."

Levantó su copa, con una sonrisa traviesa en los labios. "Por el mañana, entonces, y todas sus incertidumbres."

Chocamos las copas, el sonido claro en el suave murmullo del restaurante. En el exterior, París seguía brillando, ajeno al intrincado rompecabezas que se desplegaba bajo su resplandeciente superficie, un laberinto de movimientos ocultos y gambitos invisibles a la espera de ser jugados.

***

16

El último movimiento
Palermo, Italia

Cuando llegamos a la Tenuta di Donnafugata, la extensa finca siciliana bañada por la intensa luz del sol inclemente, la escena podría haber sido sacada de una glamurosa película, de no ser por la corriente de tensión que corría por el aire. Exuberantes viñas, cargadas con la promesa de futuras cosechas, se extendían por todas partes, una vívida mancha de verde que contrastaba fuertemente con los coches negros alineados en la entrada. Un par de intimidantes Mercedes-AMG G 63 negros custodiaban la entrada principal, sus imponentes formas reflejadas por el séquito de hombres con elegantes trajes oscuros que observaban el mundo con la intensidad de un halcón bajo la sombra de olivos centenarios.

El crujido de la grava bajo los pies me recordó claramente que no se trataba de una visita ordinaria a un viñedo. Cuando salí del coche, el sonido rompió el silencio y atrajo la atención de un hombre especialmente vigilante. Su aproximación fue calculada y su sonrisa afilada fue suficiente para cortar el acero, pero no alcanzó la fría diversión de sus ojos.

"¿Has venido a probar el vino?" Bromeó, abriendo los brazos no para un apretón de manos, sino para un abrazo demasiado cálido para ser auténtico.

Se trataba del *capo* de la Cosa Nostra, un hombre cuyos abrazos tenían el peso de amenazas mudas, apenas veladas por la camaradería. No éramos amigos, nunca podríamos serlo, pero nuestros intereses coincidían lo suficiente como para fingirlo. El abrazo era una necesidad, cada uno de nosotros plenamente consciente de lo que estaba en juego oculto bajo la apariencia de respeto mutuo.

Detrás de nosotros, la finca se extendía como los dominios de un rey. Era de una belleza sobrecogedora, el tipo de lugar que susurraba a dinero antiguo y secretos profundos. La grandeza de la *villa*, con sus robustos muros de piedra y sus opulentos adornos, hablaba de una historia llena de tanta oscuridad como luz.

En el interior, las sombras de los imponentes muros parecían moverse, agitadas por las vidas que observaban en silencio. El aire desprendía un aroma a madera pulida y antigüedad, y los lujosos interiores eran un claro recordatorio de que aquel lugar no era sólo un hogar, sino una sede de poder, donde se tomaban decisiones que podían alterar el curso de las vidas mientras se bebían copas de rico vino tinto. El *capo* me condujo por pasillos que parecían pasadizos en el tiempo, cada paso nos adentraba más en el corazón de una mansión laberíntica que era tan importante para nuestro drama como cualquier personaje vivo.

Dentro, el aire estaba impregnado de olor a tabaco. El *capo*, visiblemente satisfecho con los últimos acontecimientos, señaló con un gesto grandilocuente hacia una lujosa sala de estar. El titular del periódico italiano que llevaba confirmó su victoria: "*AC Milan, la Procura archivia l'inchiesta* [AC Milan, la Fiscalía archiva la investigación]."

La entrega de esta noticia supuso el pago de mi deuda, como había prometido; el fiasco del AC Milan era ahora un capítulo cerrado, oficialmente archivado, para gran satisfacción de Paul y, por extensión, de la Cosa Nostra.

Cuando nos sentamos, el *capo* estaba triunfante. La captura y posterior desmantelamiento de agentes clave de la Camorra había reforzado sin querer la posición de la Cosa Nostra en sus despiadadas guerras territoriales.

"Hiciste un buen trabajo," dijo. "La pérdida de la Camorra es nuestra ganancia. Y gracias a ti, nuestros hombres sobrevivieron a lo que habría sido una masacre en Monte Argentario."

Asentí con la cabeza, sintiendo el peso de aquellas palabras. Mi siguiente movimiento era crucial.

"Sobre Francesca," empecé, observando cuidadosamente su reacción. "Quedó atrapada en el fuego cruzado, sin saber de las verdaderas afiliaciones de los operativos de la DIA con la Camorra."

Su expresión se endureció y, tras una pausa, se suavizó, "pensé que estaba sirviendo a la justicia, no promoviendo los planes de la Camorra."

"Así es," confirmé. "Y en vista de su lealtad y de la confusión por la que ha pasado, te pido una garantía: que no le pase nada ni a ella ni a su familia."

El *capo* me estudió un momento y luego asintió lentamente. "Francesca se quedará sola. Siempre y cuando se mantenga alejada de todas... las operaciones familiares."

El alivio me inundó, aunque con un regusto amargo. Francesca había sido puesta en libertad sin cargos, gracias a las negociaciones y a la garantía del fiscal. Regresaría a Sicilia, pero su vida nunca volvería a ser la misma.

Cuando concluyó la reunión, el *capo* se levantó y le tendió la mano. "Leamas, eres un hombre de palabra. Eso es raro en este mundo."

Al estrecharle la mano, sentí la gravedad de nuestro saludo. "Y usted, señor, un hombre de honor por derecho propio."

Salí de la finca, con el sol siciliano proyectando su brillante mirada sobre los viñedos. Llevaba conmigo tres paquetes de vino siciliano, símbolos del complejo laberinto de alianzas y deudas que sustentaba mi visita.

Al alejarme, los capítulos de este libro se cerraron tras de mí, dejando un rastro de redención –o quizá sólo de alivio– grabado en el retrovisor.

***

17

Dulces mentiras
Scopello, Italia

Era la mañana de Nochebuena y, cerca de Scopello, las playas yacían desnudas, intactas como un reino no reclamado a la espera de su soberano. Ese día, giré la llave en la cerradura de la casa, la que estaba perfectamente situada al borde del acantilado, dominando una vista impresionante del Mediterráneo. El sol de invierno bailaba entre las sombras, pintando serenos dibujos en las descoloridas paredes pastel mientras recorría las habitaciones, cada roce de mis dedos en las superficies reavivaba viejos sueños.

Salí a la terraza de piedra e inhalé profundamente, saboreando el aire, una mezcla perfecta del salitre del mar y el frescor del invierno. En ese momento, sentí una profunda paz al imaginar un futuro en esta casa idílica, mi nuevo santuario.

Lo sentí antes de verla, un cambio en el aire, una presencia suave que me hizo dar un vuelco al corazón. Me giré lentamente, con una sonrisa dibujada en el rostro.

"¿No es precioso?" Las palabras salieron, llenas de esperanza y la emoción de un nuevo comienzo. Pero algo me hizo contener la respiración y cambiar mis palabras.

"¿Te gusta mi nueva casa?" Le pregunté.

"Leilac, es más que hermoso. Es un sueño." Su voz era un suave murmullo que se mezclaba con la suave caricia del viento.

Se acercó y me tocó la mejilla con sus dedos fríos pero reconfortantes. El mundo pareció detenerse, los únicos sonidos eran el lejano romper de las olas y el suave susurro de los olivos. Sus ojos buscaron los míos, encontrando las preguntas silenciosas que yo no había formulado.

En respuesta, Camilla se puso de puntillas y yo me incliné hacia ella. Nuestros labios se tocaron. Fue un beso para sellar un nuevo comienzo.

***

18

El regalo de Navidad envenenado
Scopello, Italia

Era Nochebuena en Taormina. Estaba sentado en una mesa del Excelsior Palace, mirando el *menú* pero sin leerlo. Frente a mí, Camilla y Jasmin charlaban en voz baja.

Camilla me miró y dijo, "gracias por invitar a Jasmin a estar con nosotros esta noche."

Asentí, pero antes de que pudiera responder, vibró mi móvil. "Lo siento," dije, levantándome y alejándome de la mesa. No quería ser descortés, pero tenía la sensación de que aquella llamada no era algo que pudiera ignorar.

"Feliz Navidad a mi persona favorita," dije respondiendo a la llamada.

"Feliz Navidad," dijo. No sonaba alegre. "¿Estás con Camilla?"

"Sí, y Jasmin," respondí. Los miré, ambos absortos en el *menú*.

"No sé si esto es un regalo de Navidad o una píldora de veneno, Leilac."

"¿Qué pasa, Toscin?" Le pregunté.

"Es Mariangela," dijo Toscín, con una gruesa tensión en la voz. "Ella no se casó con Mateo porque lo amaba. Lo hizo para protegerte."

"¿Qué? Mi mente se aceleró, tratando de mantener el ritmo.

"Mateo le dijo que era la única manera de conseguir que su tío, el fiscal Gallo, abandonara la investigación. Dijo que era la única forma de saldar su deuda con la mafia."

Exhalé bruscamente, con incredulidad mezclada con rabia. "Eso no tiene sentido, Toscin. Mateo ha estado blanqueando dinero para la Camorra. Renaud encontró los depósitos en su cuenta. Los vínculos con las operaciones de Baumann en Brasil son reales."

"Lo sé," dijo Toscin. "Pero Mariangela creyó a Mateo cuando dijo que la única manera de salvarte era casándote con él. Ella pensó que te estaba protegiendo, Leilac. Ella te ama."

Sacudí la cabeza, con la frustración a flor de piel. "No, Toscin. La persona que le dio la pistola a Cesare –la que Cesare me devolvió– fue Mateo. El propio Cesare me lo dijo. Si Mariangela hubiera confiado en mí, nada de esto habría ocurrido. Podría haberme enfrentado a la mafia por mi cuenta, como hice."

Toscin suspiro, "Leilac, los hombres de Ezar han estado vigilando a Mateo. Tienen las llamadas telefónicas. Mateo ni siquiera le pidió a Gallo que abandonara el caso. Sabía que Gallo no lo haría. Así que amenazó a Mariangela, diciendo que si no se casaba con él, te inculparía de intento de asesinato."

Se me oprimió el pecho, "¿inculparme?"

"Mateo se disparó en la pierna, Leilac. Lo montó todo. Le dijo a Mariangela que tenías una .22, y ella le creyó. Ella pensó que ibas a ser acusado."

Cerré los ojos, tratando de controlar mi temperamento. "Dejé esa pistola en la guantera de Mateo. En el mismo coche que llevaron de luna de miel a Puglia. Ella tuvo que haberla visto. Debería haberme llamado, preguntado, algo. Pero ella no confiaba en las mentiras de Mateo."

Se hizo el silencio por parte de Toscin.

"Feliz Navidad, Leilac," dijo.

"Sí, Feliz Navidad, Toscin."

***

Si te ha gustado este libro, puede que también te guste el *Gambito del Peón*. Aunque se trata de una secuela, ambos libros pueden leerse de forma independiente. El *Gambito del Peón* prepara el terreno para los acontecimientos de este libro, presentando a los personajes y el cautivador universo que habitan.

Cada libro ofrece una experiencia única y envolvente, así que, ya sea que empieces por el original o por este libro, estás a punto de embarcarte en un emocionante viaje lleno de profundidad y misterio.

Explora estas historias interconectadas y descubre cómo encaja cada pieza, ya sea de ajedrez o de laberinto, independientemente de por dónde decidas empezar. Si te preguntas por qué Leilac se quedó com Camilla, necesitarás leer el *Gambito del Peón*.